Am Berg aa
(für Frauenchor)
Im Volkston - nicht schleppend
Am Berg aa lit my Dorf---li im Tal inn borr---ge woll, me haltet güe-ti Nachber-schaft, trinkt mit de Fründ vum Re---besaft un singt eis jet-li-mol, un singt eis jet--li-mol.

Impressum:

Herausgeber: Stadt Müllheim
Konzeption und Redaktion:
Dr. Bernhard Oeschger, Inzlingen
Druck: Friedrich Resin, Binzen
Verlag: Stadt Müllheim
ISBN: 3923066-29-5

Inhaltsverzeichnis

In Johann Peter Hebels "Vermischten Aufsätzen" findet sich das folgende Wort:

"Das wahre und sichere Glück des Lebens liegt nicht außer uns, sondern in uns; es liegt im ruhigen, zur Freude reingestimmten Herzen".

Uns scheint, daß die Markgräfler Dichterin Paula Hollenweger nach dieser Erkenntnis "ihres" Johann Peter Hebel gelebt hat: Ohne das "zur Freude reingestimmte Herz" hätte sich wohl die tägliche, harte Arbeit auf dem Bauernhof, der Kummer, das Leid - sie nennt all dies "my Burdi" - niedergedrückt. Ohne dieses Empfinden wäre Paula Hollenweger nicht unsere Heimatdichterin geworden. Nur so ist das feine Sehen und Staunen, das Dankenkönnen in ihren Gedichten zu erklären und zu verstehen. Darin hat auch ihre große Heimatliebe die Wurzel, wenn sie bekennt:

"My Heimet, isch my Stern,
si isch mer 's liebscht uf dere Welt,
i ha sie eifach gern!"

Zu einer Zeit, als andere es als "modern" empfanden, ihre Wurzeln, auf denen sie stehen, achtlos hinter sich herzuschleppen und verdorren zu lassen, hat sich Paula Hollenweger in liebevoller Hinwendung und zugleich in großem Ernst um die Geschichte unserer Heimat bemüht. Die Chronik ihres Heimatdorfes Feldberg, ein weitgespannter Bogen von der Prähistorie bis hin in unsere Zeit, ist die schönste Frucht ihres vertieften, urkundlichen Forschens.

Und dann die vielen Geschichten, die Sagen und Anekdoten, Erfundenes und selbst Erlebtes - Paula Hollenweger bringt uns das Markgräflerland und seine Menschen auf heitere, nachdenkliche, aber auch ernste Weise nahe.

Wir danken Paula Hollenweger herzlich für all das, was sie uns in ihrem guten alemannischen Geiste gegeben hat; wir danken ihr für ein reiches und vielseitiges Werk als Heimatdichterin, als Erzählerin und als Hüterin des alemannischen Sprach- und Sagenschatzes.

Es muß unser Wunsch sein, daß Paula Hollenweger und ihr Werk in lebendiger Erinnerung bleiben. Deshalb gibt die Stadt Müllheim das vorliegende Werk unter dem Titel "Us der Heimet" heraus; dankenswerterweise betreut von Bernhard Oeschger, Karl Kurrus und Herta Schmid-Kromer, gefördert von der Sparkasse Markgräflerland.

Daß dieses Buch Bilder des großen Markgräfler Malers Julius Kibiger schmücken, ist kein Zufall: Auch Julius Kibiger wurde in Feldberg geboren und war Paula Hollenweger ein Leben lang in Freundschaft verbunden.

Paula Hollenweger wäre in diesem Herbst 90 Jahre alt geworden. Es möge uns ein Vermächtnis sein, was sie in der letzten Strophe ihres Gedichtes an ihr Heimatdorf Feldberg, den schmucken Ortsteil der Stadt Müllheim, ausspricht:

> "Drum wäm-mer zsämme fescht un guet
> im Dorf so witerbaue
> mit Freud im Herz, mit Chraft un Muet
> und starchem Gottvertraue!"

Hanspeter Sänger
Bürgermeister der Stadt Müllheim

Hermann Waldkirch
Ortsvorsteher von Feldberg

Erinnerungen an Paula Hollenweger

Nit, was oberflächlig schwebt,
das, was Inhalt git im Lebe!

Dieses Bekenntnis hat die echte Markgräflerin ausgezeichnet und war lebenslang gültig für ihr Streben und Wirken im Kreise gleichgesinnter Freunde. Ja, Paula Hollenweger hat den tiefen Freundschaftsgedanken, vom Miteinander, vom gegenseitigen Geben und Empfangen, über den engeren Heimatbereich hinausgetragen in die ganze Sprachlandschaft des Alemannischen.

Zwei der Namen seien genannt aus der großen Schar der Alemannenfreunde, die mit Wort und Kunst ihr sehr nahe standen: Lina Kromer und Julius Kibiger.

Schon 1954 war unsre gute Paula dabei, als Hubert Baum die Alemannendichter nach Badenweiler gerufen hat, um über die Landesgrenzen hinweg Brücken des Friedens zu bauen. Und wer zum Hebelfest nach Hausen kam, ist immer wieder der Frau begegnet, die 1967 die Hebelplakette verliehen bekam. Gar manch schönes Geburtstagsfest, von ihr selbst und einer ganzen Reihe von Freunden, schenkte uns unvergessene Stunden, in denen die Worte unserer Dichterin aus Feldberg zu Herzen gingen.

Bei den vielen Lesungen und mit ihren Vorträgen zu besonderen Anlässen, hat Paula Hollenweger immer eine sorgfältige Auswahl aus ihren Schriften getroffen und, wie selbstverständlich, auch aufrichtige Freude gezeigt für das Schaffen der Alemannenfreunde.

Wer viele Jahre die Freundschaft mit dieser liebenswerten Frau teilen durfte, wer ihre gutgemeinten Glückwünsche zu manchem Anlaß entgegennehmen konnte, dem gehören ein Leben lang die beglückenden Erinnerungen an Paula Hollenweger.

Die aufrichtige Verkünderin des lebensfrohen Wortes gehört zu der Generation, die im Glauben an die Kraft des Guten, den zeitlosen Werten der Heimat ihr Lied gesungen hat. Das war kein unkritisches Heile-Welt-Sehen. Es kam aus der Ehrfurcht für das Wunder Natur, aus dem heimatverbundenen Erlebnis. Und wer wollte daran zweifeln, daß gerade in heutiger Zeit der Ruf "Us der Heimet" von Paula Hollenweger notwendig ist, damit der Lobpreis des Guten und Schönen nicht erdrückt wird vom oft überlauten Negativen!

Unser zeitloser Dank besteht darin, im Geiste von Paula Hollenweger weiterzuwirken und ihre Lieder erklingen zu lassen für unsere Heimat. So lebt sie weiter, unsere froh-besinnliche Dichterin vom Markgräflerland!

Karl Kurrus

Paula Kromer - Hollenweger
3.10.1900 - 22.10.1980

Aus dem Leben der Heimatdichterin Paula Hollenweger. Biographische Skizzen

von Bernhard Oeschger

Ungewöhnlich reich an schöpferischen Menschen ist der schmale Landstrich zwischen dem Schwarzwald und der Rheinebene, dem nördlich gelegenen Breisgau und dem Rheinknie im Süden. Kirchen und Kapellen, Schlösser und schmucke Dörfer, ausgedehnte Ackerfluren und wohlbebaute Rebberge formen das Bild des heiteren Markgräflerlandes, das Dichter und Maler zum Stift greifen läßt. Eine von ihnen ist Paula Hollenweger, die Dichterin und Heimatforscherin aus Feldberg bei Müllheim.

Im Herbst des ersten Jahres unseres Jahrhunderts geboren, hielt ihr vorgegebener Lebensweg im bäuerlichen Umfeld zunächst keine auffälligen Entwicklungen bereit. Sie wuchs im Kreise ihrer Eltern, Georg und Ida Hollenweger, zusammen mit ihren drei Geschwistern Irma, Else und Erwin im Oberdorf auf. In der Schule blieb dem damaligen Lehrer Echner die außergewöhnliche Sprachbegabung des jungen Mädchens nicht verborgen. Er förderte ihre Anlagen nach Kräften und ermutigte sie zur weiteren Erprobung ihrer Fähigkeiten.

Das Elternhaus der Dichterin
in Feldberg, Hörnliweg

Im selben Klassenzimmer saß zu dieser Zeit ein weiterer herausragend talentierter Schüler: Julius Kibiger. Die später weit bekannte Dichterin Hollenweger und den nicht minder geschätzten Maler Kibiger hat von ihrer gemeinsamen Kindheit bis ins reife Alter ein freundschaftliches Band begleitet.
Schon früh faßte Paula Hollenweger ihre Lebenseindrücke in Verse, Gedichte und Erzählungen. Außer dem Lehrer gehörten nur die Geschwister zu ihren, meist heimlichen Lesern. Ihr Wunsch zur Ausbildung als Bibliothekarin blieb unerfüllt. In der Landwirtschaft des väterlichen Hofes wurden alle Hände gebraucht.

Mit 21 Jahren heiratete sie den Landwirt Wilhelm Kromer. Das neuvermählte Paar zog auf den Kromer-Hof an der heutigen Feldberger Bürgelnstraße. Zwei Töchter, Herta und Ursula, erweiterten in den nächsten Jahren den jungen Familienkreis.

Für dichterische Ambitionen hielt der harte bäuerliche Alltag keinen Freiraum bereit. Späte Nachtstunden galt es allenfalls der Muse zu opfern. Das literarische Arbeiten zu nächtlicher Stunde hat Paula Hollenweger ihr Leben lang beibehalten. Bald zählte das einsame Licht aus der Dichterkammer zum vertrauten Dorfbild.

An die Öffentlichkeit trat die junge Bäuerin mit ihren Werken selten. Schon gar nicht dachte sie an die Herausgabe eigener Sammlungen mit Gedichten und

Familie Ida und Georg Hollenweger
mit den Kindern Paula, Irma, Else und Erwin

Erzählungen, wie etwa die schon bekannte Dichterin Lina Kromer im benachbarten Dorf Obereggenen dies tat. Paula Hollenwegers Schritt in die Öffentlichkeit erfolgte über die Zeitung. Aushilfsweise übernahm sie 1936 eine Reportage für die Heimatzeitung. Ihr lebendiger Bericht über ein Gespräch mit einer einhundertjährigen Markgräflerin gelang so überzeugend, daß sie in der Folge als ständige Mitarbeiterin für die Heimatpresse tätig war. Sie besorgte die Nachrichten aus ihrem Dorf und meldete sich bald mit einer eigenen Kolumne zu Wort: Als "Stübli-Wirti" stellte sie ihre Gedanken zu Themen aus Natur und Heimat vor und richtete im Geiste der damaligen Zeit ihre Worte auch an die Männer ihrer Markgräfler Heimat, die als Soldaten irgendwo in Europa ihre fehlgeleitete Pflicht erfüllten. Diese Tätigkeit für das NS-Presseorgan "Der Alemanne" führte Paula Hollenweger nach dem Ende des Krieges vor ein Gericht der französischen Besatzungsmacht. Ihre Geldstrafe halfen gute Freunde zu mildern.

Wer in den fraglichen Jahrgängen des "Alemannen" blättert, findet im wesentlichen die Sprache einer Dichterin, die das Credo ihrer als wundervoll und beglückend empfundenen Heimat anstimmt. Dieses Loblied bedurfte auch nach dem Ende der nationalsozialistischen Ära keiner Umschreibung. Paula Hollenwegers Schaffen galt den wechselnden Bildern der Natur, ihrer ländlichen Umwelt und ihrer Heimat Markgräflerland ohne völkischen Klang. Wer ihre Reime und Spruchweisheiten mit Verstand bedenkt und in der

Hochzeit von Paula Hollenweger
und Wilhelm Kromer am 3. März 1921

Seele empfindet, wird keinen ideologisch dumpfen Pfaden folgen.

Als der Name Paula Kromers zunehmend bekannt wurde, mußte schließlich infolge zahlreicher Verwechslungen mit ihrer Dichterkollegin Lina Kromer aus Obereggenen eine Abgrenzung gefunden werden. Die Feldberger Poetin veröffentlichte seitdem ihre Werke unter ihrem Mädchenname Hollenweger.

Wie schon im Ersten mußte auch im Zweiten Weltkrieg Wilhelm Kromer zum Kriegsdienst. Die Hofarbeit besorgten seine Ehefrau mit ihren Töchtern und einer polnischen Fremdarbeiterin. Die Tätigkeit Paula Hollenwegers für die Heimatpresse sicherte in jenen Jahren ein willkommenes Zubrot. Als der Krieg endlich sein Ende gefunden hatte, kehrte Wilhelm Kromer 1945 in seine Heimat zurück. Nur kurze Zeit später brachte ihn ein Sturz von einem Nußbaum ums Leben. Paula Hollenweger bewirtschaftete zunächst mit ihrer Tochter Herta den Hof, später unterstützten zwei männliche Hilfskräfte die Frauen bei ihrer schweren Arbeit. Dennoch mußte der landwirtschaftliche Betrieb allmählich verkleinert werden. Die Aufgabe des bäuerlichen Lebens fiel dem "Buurechind" vom Land, wie die Dichterin sich selbst einmal bezeichnete, recht schwer, gewährte ihr aber zusätzliche Stunden literarischen Schaffens. So konnte sie in den 60er Jahren an die Herausgabe eines eigenen Gedichtbändchens denken. Umfangreiche Studien zur Orts- und Familiengeschich-

Der Kromer-Hof in
Feldberg, Bürgelnstraße

te erfüllten ihre Zeit. In zahlreichen Heimat- und Geschichtsvereinen wirkte sie als aktives Mitglied mit. Für ihr Werk erhielt Paula Hollenweger 1967 die Johann-Peter-Hebel-Gedenkplakette. Nach der Dichterin Hedwig Salm war sie die zweite Frau, der diese hohe Ehrung zuteil wurde.

Ein festlicher Abend zur Preisverleihung führte zahlreiche Freunde der alemannischen Sprache und Dichtkunst im Hebeldorf Hausen zusammen. Die Hebel-Preisträgerin Lina Kromer aus Obereggenen schrieb ihr zu dieser Würdigung: "Du bist der helle Ton in der alemannischen Dichtung, den jeder gern wünscht und der in unserer harten Zeit so notwendig ist."

Weitere Ehrungen erhielt Paula Hollenweger für ihr vielfältiges Werk, das sie vor allem in der zweiten Lebenshälfte verwirklichen konnte. Als sie eine Auswahl ihrer Arbeiten erstmals veröffentlicht hatte, schrieb ein Kenner der alemannischen Literatur, Prof. Paul Stintzi in seiner Buchbesprechung: "Paula Hollenweger ist lange eine der Stillen geblieben, allzu bescheiden, es war gut, daß sie mit diesem Gedichtband an die breite Öffentlichkeit trat." Zu ihrem 75. Geburtstag wurde sie Ehrenmitglied des Hebelbundes Müllheim, drei Jahre später Ehrenmitglied der Muettersprochgesellschaft. Im 80. Lebensjahr trug ihr der Bund "Heimat und Volksleben" ebenfalls die Ehrenmitgliedschaft an. Mit dem Bundesverdienstkreuz Erster Klasse würdigte der Freiburger Regierungspräsident Dr. Norbert Nothelfer im Auftrag des Bundespräsidenten ihre öffentlichen Verdienste. Nur wenige Tage nach der großen Feier in Feldberg starb Paula Hollenweger kurz nach ihrem 80. Geburtstag. Ihrer langjährigen Erkrankung war sie bis zuletzt mit Geduld und tatkräftigem Optimismus entgegentreten. Auf dem heimatlichen Friedhof hat sie ihre irdische Ruhestatt gefunden. In der nahen Stadt Müllheim erinnert eine Paula-Hollenweger-Straße an die bekannte Heimatdichterin. Auch im Künstler-Eck des Schlosses Entenstein in Schliengen hat sie unter den bedeutenden Köpfen des Markgräflerlandes ihren Platz gefunden.

Markgräfler Heimatabend
im Kursaal in Badenweiler

veranstaltet von der Kurverwaltung Badenweiler
und dem Verein Badische Heimat (Ortsgruppe Badenweiler)

Sonntag, den 10. Oktober 1937, abends 20.15 Uhr

Ausführende: **Laienspielgruppe Badenweiler**
Singgruppe „Bellinger Rheinschwalben"
Chormeister Fritz Krämer
Rezitation: Klärli Krämer
Programmleitung: Hans Bertschin

VORTRAGSFOLGE

I. Teil

1. Rezitationen aus „Madlee" von Hermann Burte
Klärli Krämer
2. Alemannische Lieder: „Bellinger Rheinschwalben"
Chormeister Fritz Krämer

II. Teil

HEIMATSPIEL

„Die Sage vom Neuenfels"

in 4 Bildern. von Paula Kromer

1. Bild: Im Burggemach auf dem Neuenfels
2. Bild: Schenke auf dem Jahrmarkt in Badenweiler
3. und 4. Bild: Wald beim Neuenfels

Gemütliches Beisammensein mit Sang und Klang

Tanz

A. Schmidt, Müllheim, Baden

Das Werk

Paula Hollenwegers Schaffen als Dichterin und Heimatforscherin erfolgte im wesentlichen in ihrer zweiten Lebenshälfte. In den Jahren zuvor hatte die Familie und deren Existenzsicherung ihre Kraft erfordert. Glücklicherweise enthält der Nachlaß Hollenweger auch eine Reihe früher Arbeiten, die das dichterische Talent der jungen Frau deutlich aufzeigen. Einige frühe Gedichte sind in die vorliegende Werksauswahl aufgenommen worden, um die literarische Entwicklung der Dichterin sichtbar zu machen. Aus diesem Grund wurden alle vorgestellten Werke, soweit datierbar, in einer Übersicht mit ihrem jeweiligen Entstehungsjahr versehen (s. Anhang).

Erste literarische Proben entstammen bereits dem zweiten Jahrzehnt unserer Jahrhunderts. Ihr Gedicht "Mein Gärtlein" läßt schon die Natur als eines ihrer großen dichterischen Themen anklingen. Als Siebzehnjährige widmete sie einem Gefallenen des Weltkriegs ein Gedicht. Ihre einfachen, klaren und unpathetischen Reime zeigen eine ungewöhnliche persönliche und sprachliche Reife der heranwachsenden jungen Frau. Auch aus den nachfolgenden Jahren sind einige Arbeiten überliefert.

1933 verfasste sie ihr erstes Festspiel zur Feier des 50jährigen Jubiläums des Feldberger Kindergartens. 1936 begann ihre Pressearbeit und die Berichtsserie als

Paula Hollenweger mit Darstellern aus ihrem Festspiel
"Der alte Vogt von Nebelheim".
1200-Jahr-Feier Fischingen, 6.10.1972

"Stübli-Wirti". In Badenweiler brachte 1937 die örtliche Laienspielschar Paula Hollenwegers Heimatspiel "Die Sage vom Neuenfels" zur Aufführung. Sowohl das Veranstaltungsprogramm als auch der damalige Zeitungsbericht nannte nicht einmal den Namen der Autorin. Viele Gedichte aus der Zeit als "Stübliwirti" hat die Dichterin nach dem Ende des Zweiten Weltkriegs in heimatkundlichen Regionalzeitschriften erneut veröffentlicht. Einige haben auch Eingang in ihre Bände "Markgräflerland" und "Us em Örgeli" gefunden.

Paula Hollenwegers Interessen galten nicht allein dem Reimen und Dichten. Der Heimatkunde ihres Dorfes und des geliebten Markgräflerlandes gehörte ihr Forscherdrang und Eifer. Brauch- und Sagenüberlieferungen der Alten bewahrte sie vor dem Vergessen. Geschichtliche Fakten trug sie aus Archiven und Nachlässen ans Tageslicht. Ihr Ruf als sachkundige Heimatforscherin war längst im Land bekannt geworden. 1957 gestaltete sie zusammen mit der Abteilung Landes- und Volkskunde des Süddeutschen Rundfunks ihre erste Schallplatte, die den gesamten Überlieferungsbereich der Bauernhochzeit zum Thema hatte. Ein Jahr darauf folgte eine Radioproduktion zu ihrer Tätigkeit als Sagensammlerin.

Gute Freunde aus dem damaligen Kreis Markgräfler Dichter, Maler und Heimatkundler hatten Paula Hollenweger 1965 endlich zur Veröffentlichung eines eigenen Gedichtbandes bewegen können. Von der ungewöhnlich guten Resonanz haben wir bereits eine Stimme gehört. Bei einem der Hüter der unverfälschten alemannischen Sprache, dem Sulzburger Dichter Hubert Baum, hatte sie ihr sprachliche Ausdruckskraft geschliffen und jegliche hochsprachliche Einflüsse verbannen gelernt. Einer aus dem Freundeskreis, der Hebelpreisträger Richard Nutzinger, schrieb im Begleittext: "Der Wunsch vieler Freunde hat Paula Hollenweger den Mut gegeben, aus der Stille ihres Dorfes sich herauszuwagen und das zu geben, was ihr auf den heimatlichen Fluren mit dem Augenblick auf den Blauen oder hinaus auf die Rheinebene in der Zwangsstille des Winters und in mancher Notzeit ein- und zugefallen ist."

"Alemannische Stunde" in der Mappacher Kirche
mit den Dichtern Gerhard Jung, Karl Kurrus, Ernst Burren,
Paula Hollenweger, Alfred Ruppé und Albin Fringeli.
1100-Jahr-Feier-Mappach 21.9.1974

1967 konnte die Gemeinde Feldberg die gesammelten Forschungen ihrer Mitbürgerin und Dichterin in einer Chronik herausgeben. Für die Gemeinde Binzen schrieb sie zur 1200-Jahrfeier ein Festspiel in drei Akten aus der Dorfgeschichte. Die Aufführungen riefen wahre Begeisterungsstürme hervor. Der Berichterstatter meldete in der Heimatzeitung: "Zum Großartigsten und Eindruckvollsten, das in diesem Sommer bei sechs 1200-Jahrfeiern in unserer engen Heimat dargeboten wurde, darf das historische Festspiel zählen, das am Samstagabend in Binzen aufgeführt wurde. (Oberbadisches Volksblatt 27.9.1967)

Der Erfolg als Festspiel-Autorin brachte Paula Hollenweger weitere Aufträge ein. 1970 entstand zum Gedenken an den Rümminger Freiheitskämpfer Friedrich Neff ein historisches Schauspiel in vier Aufzügen, zwei Jahre später das Festspiel "Der alte Vogt von Nebelheim" zur 1200-Jahrfeier der Gemeinde Fischingen. Auch bei der Einweihung der neuen Schule in Tegernau im Kleinen Wiesental kam 1975 ein Mundartstück der Feldbergerin zur Aufführung. Im selben Jahr gab sie ihrem ersten Gedichtband ein weiteres Werk mit dem Titel "Us em Örgeli" zur Seite. Feine Feder- und Tuschezeichnungen ihres Schulkameraden und Kunstmalers Julius Kibiger begleiteten die Texte. Mit dem "Örgeli" überreichte die Dichterin symbolisch ein im Markgräflerland altbekanntes Gefäß zur Traubenernte: "Darum, lieber Leser, greife hinein ins volle "Örgeli" und erfreue Dich an diesem Gedichtband, dessen Inhalt aus dem alemannischen Land lebt und damit Freude machen will."

Bei der 1200-Jahrfeier ihrer Heimatgemeinde Feldberg 1976 durfte die hochgeschätzte Festspielautorin natürlich nicht abseits stehen. Trotz dieser zeitraubenden Aufgaben, die vor der Abfassung der Textbücher umfangreich geschichtliche Vorarbeiten bedingte, brachte Paula Hollenweger 1977 ihren ersten Prosaband mit Erzählungen aus dem Markgräflerland heraus. "Brot und Wein vom Oberrhein" berichtete von lustigen und ernsten Begebenheiten des Lebens, von Not- und Friedenszeiten, von Arbeit und Festfreuden.

Festakt zum 80. Geburtstag Paula Hollenwegers
und zur Verleihung des
Bundesverdienstkreuzes an die Dichterin.
Gemeindesaal Feldberg 3.10.1980

"So entsteht aus Dichtung und Wahrheit das Bild einer Landschaft, der Paula Hollenwegers ganze Liebe gehört, und die sie auch auf ihre Leser zu übertragen weiß", schrieb treffend der Freiburger Erzählforscher Prof. Lutz Röhrich im Vorwort.

Die Zahl ihrer Mundartstücke und Festspiele ist in dieser Übersicht bei weitem nicht vollständig verzeichnet. Ihre Arbeiten aus dieser Literaturgattung werden im Archiv des "Bundes Heimat und Volksleben" in Denzlingen für Benutzer bereit gehalten. 1978 lieferte sie noch einmal die Texte für das Festspiel zur 1200-Jahrfeier der Gemeinde Buggingen.

Wenige Tage vor ihrem Tod am 22. Oktober 1980 durfte sie noch die Vorstellung ihres zweiten Prosabandes "Sagen vom Oberrhein" erleben. Viele ihrer Schöpfungen ruhen noch unveröffentlicht im sorgsam von ihrer Tochter Herta Schmid verwahrten Nachlaß. Eine stattliche Zahl daraus wurde für die vorliegende Auswahl beigezogen. Sie sollen zusammen mit bereits früher veröffentlichten wichtigen Arbeiten eine Gesamtschau ermöglichen, die dem reichen Lebenswerk dieser beeindruckenden Markgräfler Bäuerin, Dichterin und Forscherin entsprechen kann.

Heimat Markgräflerland

Die Heimat

Weisch was mi freut uf dere Welt?
Es isch nit Riichtum, Ehr un Geld,
e frohe Sinn, e lustig Bluet,
halt alles, was eim freue tuet!

E warm un zfride Heim un Hus,
wu heimzieht, goht me s Land durus,
es schiint der Himmel noh so blau,
wenn i mii liebi Heimet bschau!

Do grüene Rebberg, Feld un Wald,
es blüeiht im Mattfeld, wus mer gfallt,
wenn d Chriesbäum wiiß drin inne stöhn:
Wie isch doch d Heimet all so schön!

Un wenn im Summer s Land riich trait,
me cha das erne, wu me gsaait,
un fahrt die volle Wäge ii,
wie tuet me froh un zfride sii!

Wie au im Herbst, wenn s Laub im Gold,
wenn Obst un Trübel heim me holt,
un mit de Fründe singt un lacht,
wenns schneit un obenabe macht!

Zeichnung Julius Kibiger

Do möcht me niene anderscht sii.
S git Brot un Nuß un neue Wii
im Winter, we-me warm und guet
am Chachelofe sitze tuet.

Es sin scho d Väter Bure gsi
in unsrer Heimet her un hi,
mir sin vum gliiche Stamm un Holz
un sin uf unsri Heimet stolz!

Sunneland am Rhii

Es stoht e Ährifeld im Bluescht,
Grüen silbergsäumt wallts tief un schwer.
Heimliche Duft, windgwobe Lied
Fliegt dur das grüen wit Ährimeer.

Ne alti Linde stoht im Bann.
S summt tausigfache Immegsang
Um ihri Blüete süeß un zart
Vum Morgeschiin zuem Obe lang.

In Summergärte stolz un schön
Blüeiht d Rose, s Summers lieblichst Chind,
si spieglet sich im Farbespil.
Warm striicht um si der Summerwind.

Un stöhn im Obesunneglanz
Dört d Rebehäng im flüssge Gold,
Im Blüeteduft so gheimnisvoll
Wie tiefi Wunder anegmolt,

Isch in der Heimet Summerzit:
Voll Duft, voll Farbeharmoni,
Voll Choschberkeit, voll Melodii
Mi Sunneland am Oberrhii.

An Feldberg

Du liebli Ort im schöne Tal,
uralte Ort, du Felberg,
wie freusch eim doch vu überall,
vum Chäferholz zuem Hellberg.

Vum Rintler Berg bis z Gennebach
im volle Saft stöhn Rebe,
wachst was me will, vil tausigfach
bisch du voll Chraft un Lebe.

Talii, taluus goht Heimetluft
un Heimetglocke lüte.
Weisch was der silber Glanz un Duft
hoch drüber tuet bedüte?

Scho mehr as vor zwölfhundert Johr
tuet me vu "Rintel" schriibe,-
gwiß sin scho Mensche lang dervor
in unsre Täler bliibe,

hän gsaait un g'erntet un sich plogt,
dur guet un bösi Zite,
für d Heimet hän si s Lebe gwogt,
sich gwehrt uf alli Site.

Im Wappe isch der Schlüssel noh,
wu tuet uf das hidüte,
wurum ein d Heimet nit cha loo
sit sovil Johr bis hüte.

Der Schlüssel bschließt das Gheimnis uf,
löst Chraft in jedem Wese
wu inne steckt un will duruf,
was cha me ring drus lese.

Es sait vu Treui, Bständigkeit
un was me Guets cha denke,
im Herrgott sei in d Hand es gleit,
tuet Sturm un Wetter lenke.

So wachst die Liebi stark un groß
wu eim an d Heimet bindet,
all borge warm in ihrem Schoß,
wu me ne Rueihplatz findet.

Ei Gschlecht folgt nooch im andre noo,
tuet witer treu verwalte,
das, was die vor uns nie hän gloo,
un tuets im Herz inn bhalte.

Drum wä-mer zsämme fest un guet
im Dorf so witerbaue
mit Freud im Herz, mit Chraft un Muet
un starkem Gottvertraue.

Am Berg aa

"Am Berg aa stoht e Chilche..." (Burte)

Am Berg aa lit my Dörfli
Im Tal inn borge wohl,
Me haltet gueti Nochberschaft,
Trinkt mit de Fründ vum Rebesaft
Un singt eis jellimol.

Am Berg aa lit my Hüüsli,
Drin isch my Stübli chlei,
Es isch e warme n Ofe drin,
E guete Muet, e frohe Sinn
Un suscht noh allerlei.

Am Berg aa ha n i d Rebe,
My Ackerland im Grund,
Un vu sym Ode warm un guet,
Wu lebe us dem Bode tuet,
Do würd mer s Herz erscht gsund.

Am Berg aa s Dörfli, s Hüüsli,
Au d Rebe do deheim:
Erhalt mer Gott das alles wohl!
Un goht s zuem Abschidneh nemol,
Do bette mi in Leim.

Dorfkirche Feldberg
Aquarell Julius Kibiger
Privatbesitz

Das Wörtlein "Heimat"

Das Wörtli "Heimet" mög me nit,
wenns d Dichter mänkmol schriibe,
das het me ghört in letzter Zit,
im Gspür soll d Heimet bliibe.

Doch gspür i d Heimet um mi her,
das liebli Land z'ringsume,
do mueß i sage: S fallt mer schwer
das in mir z gspüre nume.

Wenns s Herz so voll isch, goht eim nit
uf d Lippe s Gspüre über?
So häns die Alte alli Zit
scho gsait un g'rätselt drüber.

Wu so im Bluest als d Chriesbäum stöhn,
wu d Felder so im Sege,
wu d Blick zue Berg un Tal hi göhn
voll Freud uf alle Wege.

Wu s Chind scho hört die erste Lut
uf Alemannisch sage,
das blibt, goht jedem unter d Hut,
tuet eim dur s Lebe trage.

Un wu der alemannisch Schlag
sich bsinnt uf höchri Güeter,
ein drüber weißt in jedre Lag,
weich d Cherne sin, warm d Gmüeter.

Do gspürt me, we-me s Land dur goht
bim Luege un bim Bsinne,
aß s Wörtli "Heimet" drüber stoht,
chunnt, lebt un blüeht vu inne.

Natur und Jahreslauf

Zeichnung Julius Kibiger

Roter Mohn

Im wite Land stoht golde jetz
die schweri Frucht im Halm,
un über blaui Wälder singt
der Summer hell sii Psalm.

Chornblueme stöhn do blau im Gold
un füürzündrote Mohn,
doch dur die warmi Stilli zieht
e stählene, scharfe Ton.

E Mähder maiht die zitigi Frucht,
im Gsicht e stolzi Rueh,
die hochen Ähri falle schwer
im heerte Bode zue.

Was ruscht eso im Sägesegang
dur alli Halme hi?
“Wart nume, Mähder, s chunnt nemol
en andere, dä maiht di!”

Drei Rose

Ha gmeint, s seig Spöötlig scho im Land,
Ha gmeint, s seig alles tot,
Verdorbe dur e ruuchi Hand -
Kei Blüemli blau un rot.

So gang i früeih vor Tau und Tag,
Loos, wie n e Wasser goht,
Do falle zmols mir übre Hag
Drei Rose dunkelrot.

I nümm s in myni warme Händ,
Do wiicht vu mir die Not:
S würd wider Früehlig, d Nacht goht z End,
Verbei goht Not und Tod!

Bei der Linde

Dobe sitz i bi der Linde
in der spote Obestund.
s cha der Blick kei Endi finde -
chüehl e Luft vum Tal her chunnt.

Wit un nooch un bis in Cherne
gspür is um mi lut un gheim:
Hüt un Morn stoht in de Sterne,
wiisen ufe, heimzue eim.

Wie wit duß der Obehimmel
golde glänzt, es isch e Pracht,
Wien er doch ob all dem Gwimmel
mir mii Herz so rueihig macht. -

Grife mer noo helle Sterne
si - mer alli uns verwandt:
was mer saaie, was mer erne
isch e Gschenk us Gottes Hand.

Zeichnung
Julius Kibiger

An einem Herbstabend

Wie gern stand i am Hörnli dobe,
wenn gstreift vum letzte Sunnegold
mii Land sich liebli breitet z Obe,
as hätts e Chünstler anegmoolt.

Wie zue der Ebeni hi sich biige
d Bergrucke, weichi Täler drinn,
wie warm im Obeschatte lige
die Dörfer in de Muelden inn.

Duß, in der breite Ebeni dunte,
mit starken Arme nümmt der Rhii
mii Oberland zu alle Stunde
in d Huet un singt sii Melodi.

D Vogese stöhn wie gwaltigi Muure,
blau luege si, zuem Griffe nooch,
as wie ne Schutzwall änedure
un falle ins Burgunder Loch.

In glüehnd'ge, violette Töne,
iis-chlor stöhn d Alpegipfel uf,
as wotte si das Bild verschöne,
wie Finger wiise si duruf.

Un tiefer falle Obeschatte
scho über unseri Rebberg ii,
un dunkler lige Feld un Matte,
rotgolde luege d Wälder drii.

Wie lockt mii Dorf im Tal tief dunte
im stille Fride in sii Rueh.
Wie stark isch s Herz an d Heimet bunde,
wu hebt un trait in allem Tue. -

Am Immehuus

In s Muetters Garte hinte
Do stoht e chlei grüen Huus,
Bym Sunnestrahl, bym erschte,
Fliegt alles fliißig uus.

Im chleine Hüüsli sin noh
Gar menggi Hüüsli drin,
In dene enge Hüüsli
Vil tiefi Löchli sin.

Dört drin sin Süeßigkeite.
Gel, s isch kei heerti Nuß,
De hesch s jetz scho verroote
Un weisch, s isch s Immehuus.

Der Wächter vor em Türli
Sait: "Hesch dy Uuswiis do?
Wenn nit, my Fründ, lauf weidli
Un tue mer nümmi choo!"

Jed Immli trait e Burdi
Am Hösli rot un geel,
Ganz dick un schwer, vollglade
Vum fiinschte Blüetemehl.

Wie summt un brummt das Völchli,
Hörsch s eige Wort schier nit.
Chumm subtil jetz un liisli
Un gang in s Hüüsli mit.

He lueg, wie s glänzt voll Hunig,
Au decklet hän si scho,
Lueg, grad am Fenschter hinte
Do schlupfe Immli jo!

Lueg do, am untre Endi
Isch noh n e größer Huus,
Grad schlupft ganz majestetisch
E jungi Künigi uus.

Si striicht ihr Röckli abe,
Luegt stolz sich um im Riich,
Sait: "Kein het öbbis z sage,
Was z mache n isch, sag ich!"

Die alti Künigi zornig
Mit ihrem Staat fliegt uus,
Si trage, was si chönne,
Furt in en ander Huus

Un fülle s froh mit Lebe.
Gliichmäßig, ohni Ghatz
Weiß jedi, was si z tue het,
Weiß jedi ihre Platz.

Si schaffe un si baue
Der Summer ii un uus,
S isch Zucht drin all un Ornig
Im chleine Immehuus.

Der Frühling ist da

Was klopft an die Scheiben
mit schwankenden Zweigen?
Was raunt durch die Felder,
fliegt über die Wälder
und lockert die Krumen?
Im Wehen ein Summen
von silbernen Glocken.
Die Vögel frohlocken.
Das Klingen und Singen
was will es uns bringen
von ferne und nah?
Der Frühling ist da!

Mein Gärtlein

Mein Gärtlein ist klein,
aber sonnig und fein
mit Rosen und Vergißnichtmein!

Die Blüten vom Baum, -
ich wußte es kaum, -
fielen in seligen Traum.

Und bist du nicht hier
es sprenget mich schier:
die Liebe, die Liebe zu dir!

Der Falter

Abends spät saß ich am Tische
in des Sommerabends Frische
bei der Lampe hellem Schein,
als ein Falter leicht und spielend
flog vom Fenster mir herein
und das Blatt vor mir erfühlend,
streckte aus die Taster fein.
Wie bezaubernd doch das zarte
silberstaubige Flügelkleid
breitet aus er. Und ich harrte
schauend eine lange Zeit.
Da, er tändelnd seine luftigen,
feingeäderten und duftigen
Schwingen glitzernd hob zum Flug,
um zum Lichte aufzufliegen,
weil er nicht genug
von der eigenen Lichtheit hatte.
Jäh hat dort sein Flug geendet,
wenn ich mich auch schnell gewendet,
ihn zu schützen
vor der Lampe Licht.
Davon angezogen und verblendet
wollte er es nicht,
fiel,
ein Stäubchen noch,
auf die Matte.

Im Wald

Jetz lockt der Wald in siiner Tiefi
un Vogellied vu Hurst und Ast -
do gang i gern in Tau un Chüeli,
do rast i gern un bi do Gast.

Gottwilche! sait e Sunnegringel
un bietet Platz uf mossgem Stei.
E Hummle summt, e Chäfer brummlet,
s Eidächsli sunnt si ame Rai.

Erbeeri rot in Duft un Fülli
in Schüsseli vum zartste Blatt -
ne Festmohl, dunkt mi, sei nit riicher -
i iß un lueg un würd nit satt.

Wie zartgrüen isch das Tafletuech,
Sammtpolsterstüehl stöhn überall,
un liebli s Waldorchester spilt,
tiefblau, hoch stoht der Kuppelsaal.

Gold funklets Sunneliecht dur d Fenster,
schlanki Süüle hochufrage,
schimmerig gwobe im feinste Gspinnst
sin die duftge Wänd uusgschlage. -

Un wo die schwarze Tanne rage,
in dämmeriger Einsemkeit,
do loos i still uf all die Wunder
der ewige Allmächtigkeit.

Der Stern

Es stoht e blaui Summernacht
über der wite Welt.
E Sternli dobe einsem wacht
am blaue Himmelszelt.

Du liebli Sternli, förchsch di nit
in diiner Einsemkeit,
wenn alles tief in Stilli lit?
Das Sternli het liis gsait:

Denk nit, daß i älleinig bi,
uf eimol über Nacht
stoht Stern an Stern do um mi hi
un halte stilli Wacht.

E jede Mensch, wu recht un guet,
het au si stille Stern,
der git em Chraft un frohe Muet,
eim isch er nooch, eim fern.

Doch hesch e Chummer, traisch e Leid,
un möchtsch gar sterbe gern:
Lueg ufe! In der Einsemkeit
wacht still un groß dii Stern!

Farbdruck Ölgemälde Julius Kibiger
"Rittersporn mit Lilien".
Pivatbesitz

Der säumige Winter

He, Winter, wit denn nümmi chu?
De hesch mer schier gar d Hoffnig gnu!
Wohl hange d Wolke dick un schwer,
un Schneewind chunnt vum Blaue her.

Doch zwüschedri lacht Sunneschiin
un e Rösli blüeiht im Garten inn.
Lueg Winter, hesch derfür kei Dank,
wie mänke träumt vum Ofebank!

Die müede Glieder streckti er
un bsorgti s Vieh so nebeher.
Der Früehlig chunnt enandernoh,
un weidli isch der Summer do!

Zwar jedes Ding bruucht halt sii Zit,
s cha sii, de bisch doch nümmi wit!
Gunn jedem Wese d Winterrueh,
deck alles weich un subtil zue!

Teil ordli us diim Zwerchsack us,
in wiiße Gstaat leg Land un Hus!
Du würsch doch nit, du närrsche Ma,
verlore der Kalender ha!

In wite Ferne

In wite Ferne
bi helle Sterne
dört goht mi Herz.
Wenn d Grille giige
un d Felder schwiige,
nüt sage gehrts.

Will ehm nüt batte,
stohts tief im Schatte
un het kei Rueh:
In helle Ferne
dört bi de Sterne
gohts heimeszue.

S sin Nebelschleier
um Tal un Weiher:
Wu würsch du sii?
Kei ängstli frooge
der Himmelsboge
birgt di un mi.

Zeichnung
Julius Kibiger

Nikolausabend

Ihr Maidli un Buebe, der Niklaus isch do!
Wie chlopfe euch d Herzli so lut un so froh,
er bringt siini Gobe un Freud noh derzue,
drum wä-mer e Freud au im Nikolaus tue.

Tüen singe, das hört er sii Lebtig all gern.
Tüen sage: Es schiint im Advent scho der Stern,
wu s Chindli azeigt in der heilige Nacht,
wu d Mensche so selig un glücklicher macht.

Doch möcht er au wüsse, öb ihr dur s Johr
recht brav wohl sin gsi, denn er het e guet Ohr,
un wenn er vu Strit hört un bös seige d Chind,
das chränkt ehn, un d Ruete, die nümmt er do
gschwind.

Drum root i euch alle, sin brav un recht lieb,
daß jo keis der Vater un d Muetter betrüeb!
Tüen folge de Lehrer, hän flißig druf acht,
was er euch tuet lehre un z wüsse euch macht.

Do tuet sich recht freue der Nikolaus drab,
wenn er jetz dur d Stroße bi Nacht lauft im Trab.
Er luegt au in d Fenster, öb folge ihr recht,
er isch jo im Wiehnächtschind Helfer un Chnecht.

Er stoht scho vorusse! Soll d Tür meh uf tue?
Er bringt aber d Ruete, e Sack noh derzue,
dört dri steckt er selli, wu folge nit tüen,
die Böse im Päckli halt nooluege müen!

I glaub, wä-mer brav sin, so längt er in Sack,
er isch jo e Guete un schleipft der schwer Pack
vum Himmel do abe bi Chälti un Schnee
un möcht so gern schenke un Liebi uns gee.

Me hört ehn scho laufe! Er chennt uns jo guet,
i glaub, aß er jedem e Päckli ha tuet!
Jetz singe e Liedli! Wer stimmt denn eis a?
Der Niklaus soll hüte vil Freud an uns ha!

Beim Weihnachtsbaum

No han i nie kei schöner Leuchte gseh,
as Chinderaugeglanz im Wiehnächtsliecht.
Der Glanz so wunderweich un glocketief,
wie Sterneschiin so weich un schimmrig füecht.
Wie Sunnegold so hell, wie früsche Schnee
so chöstli rein. -
Das Wunder nümmt s Chind ganz in Bschlag,
es luegt mi a wie ne verschrocke Reh.
S wott sage denk: Wurum ischs denn nit alli Tag
so festlich in der Stuben inn? -
Es nümmt mi Hand un hebt mi fest. -
O glückli Chinderland!

Du Kind in der Krippe

Du Chind in der Chripfe,
wie machsch uns so froh!
Nüt gits, was uns Mensche
beglücke cha so.
Du bringsch uns Dii Liecht
in das Dunkel, in d Welt.
Du schenksch Di den Ärmste,
de Hirte im Feld.

Das Glück bringsch Du alle,
öb arm oder riich,
denn vor Diinen Auge
isch jede Mensch gliich.
Du nimmsch mit viel Liebi um alli Di aa,
aß keiner im Himmel verlore goh cha.

Schenk alle Dii Liebi,
bhalt s Herz ihne warm.
Di au um die Schof,
wu verirrt sin, erbarm.
Loß alli erfahre,
aß d Rueih in Dir isch,
aß Fride un Freud
Du ällei nume gisch!

Was schreckt eim das Bös
un das Leid uf der Welt?
Der Glaube an Di
macht vil riicher as Geld!
Du hesch Diini Chinder
noh niemols verloo:
Du Chind in der Chripfe
machsch s Herz uns so froh!

Glückwunsch

Truur nit, aß e Johr vergange,
lueg, e neus stoht vor Dir uf,
wu au schöni Trüübel hange,
sihsch si winke? Freu Di druf!

Wer nit chämpfe mueß im Lebe
un mit Lust nit schaffe mag,
dem goht d Freud un s Glück dernebe,
der het nit glebt an so me Tag.

Wenn emol au Sorge ploge,
d Sunne früeih nit use will,
bal hän d Wulke sich verzoge,
si schiint wider warm un still.

Nume warte mueß me chönne,
bsinne, Zit neh do derbii,
mueß e rueihigi Stund sich gönne,
stärke mit me Glas voll Wii.

Un mit Freude siht me schwinde
was eim plogt enandernoo,
tuet der Weg durufe finde,
s Herz chlopft wider stark un froh.

Möge vili gueti Stunde
gschenkt Dir sii bi allem Tue,
mänki Freud der Tag abrunde,
drum früsch dra! Wünsch Glück derzue!

Neujahrsgruß

Ei Johr goht z End, e anders chunnt,
scho schlats die letzt un ersti Stund -
der Zeiger ruckt e Stückli vor,
un d Uhre zeigt scho s ander Johr!

Wie lit so still in ihrer Pracht
die letzti un die ersti Nacht,
un d Stern stöhn dobe weich un warm:
Lueg uf, so goht dii Leid un Harm!

Es stoht all Einer obe dra,
wu alles anderst gstalte cha
as unser ängstli Gmüet es denkt,
un alles uns zuem Guete lenkt. -

So mög denn Gsundheit, Frid und Freud
s neu Johr Euch gee zuem guete Gleit!
E fröhlich Herz in Glück und Not,
e gsegnet Johr, das gäb uns Gott.

Fasnächt

Tannezapfe, Reblüs, Lalli,
Hanseli, Dickchöpf, Glunki,
Hexe, Narre allerlei:
Lustig isch die Narretei!

Wiibli, lachsch wil Fasnächt isch?
Lach mer nit e so verdruckt:
Wer nit närrsch an Fasnächt isch,
der isch s ganz Johr verruckt!

Wenn Di d Schulde drucke,
jetz sin das chleini Mucke,
wil im farbge Narregwand
kein Di chennt im ganze Land.

Narregschell un Heitridei
macht Di vu de Sorge frei:
Lustig drum, lüpf Diini Bei,
was noochunnt isch einerlei!

Lustig, wer e Narr jetz isch,
tuet nit an Sorge chlebe,
freu Di, aß en Narr Du bisch,
s loßt sich vil liichter lebe!

Hexli mit Diim nette Gsicht,
Wie luegsch Du verliebt mi aa:
Wer jetz nit der Haber sticht,
der isch gwiß kei rechte Maa!

Isch Dii Chopf, der Beutel leer,
Chatzejoomer s Herz macht schwer,
do rüefsch, gohts Der chrüz un quer:
Wenn nume morn scho wider Fasnächt wär!

Lebensbilder

I bi n e Buurechind

I bi n e Buurechind vum Land
Un do druf bi n i stolz,
My Vater isch vum Buurestand,
I bi vum gliiche Holz.

I ha vu Herze gern my Land
Am Blaue un am Rhii,
Wie sin die Felder guet im Stand,
Cha s näume schöner sii?

Es singe d Quelle tief im Wald,
Am Berg aa wachst der Wii,
Un macht si d Arbet au nit zahlt,
I mag s, un blieb derbii.

Es isch my Liib, es isch my Seel,
Wu mit verwachse n isch,
Un bietsch mer Geld: do chumm un wähl,
Wie du der bettsch, so lisch!

Was gheit mi s Geld? Bi gsund un starch
Un ha all guete Muet,
I ha noh Murr un Chraft im March,
Das Schaffe tuet mer guet.

Zeichnung Julius Kibiger

Was nutzt mi s Geld, wenn s Heimweh heiß
Eim plogt, so tief un schwer,
Un wem-me schöner d Heimet weiß,
As d Fremdi, chalt un leer.

Mi lockt kei Fremdi un kei Geld,
My Heimet isch my Stern,
Si isch mer s Liebscht uf dere Welt,
I ha si eifach gern.

I bi n e Buurechind vum Land,
Bi gschnitzt vum alte Holz,
I hang halt noh am Buurestand
Un d Heimet isch my Stolz.

Einer Mutter

Muetterliebi! das isch das Wort,
wu s schönst eim dunkt vu alle,
es leuchtet hell an jeden Ort,
keis mag eim je so gfalle.

Das tönt iis sit der Chinderzit
wie Musik in de Ohre,
was es uf dere Erde git
an Glück, goht nie verlore.

Dur unser unrueihg Wese hi
bisch, Muetter, in diim Herze
uns allzit Trost un Anker gsi
mit Freud, noh meh mit Schmerze.

E so ne treu warm Muetterherz
zieht alles Ungrad ebe,
wu iis beschwert; kei Dank begehrts,
es tuet treu wiise, hebe.

Hän mir dir trotzt, hän mer di gchränkt,
du heschs vergee, vergesse,
hesch all an uns in Liebi denkt,
so groß, wer cha das messe?

So Liebi cha niemols vergoh,
würd stärker anstatt minder,

Farbdruck Ölgemälde Julius Kibiger   Privatbesitz

wie macht si d Herze frei un froh
de Chind un Chindeschinder.

Un hüte? Silber lit im Hoor,
dur d Händ göhn Gräbe abe,
vum Nüttue nit, - dur alli Johr
hesch gsaait für uns un grabe.

Für uns hesch alles wortlos trait,
s het di kei Arbet graue,
in stärkri Händ hesch alles gleit
mit Glaube un Vertraue.

Der Muettertag isch wider hüt.
Was chönne mer dir bringe?
Es isch nit vil, mer hän jo nüt
was lohnt an irdsche Dinge.

Ällei ei Wunsch: Der Herrgott leit
un füehr di gnädig witer,
wie er di het durs Lebe trait
so sei er tägli mit Der!

Drum: Das isch unsri größti Bitt:
Tue d Liebi uns erhalte!
Loß, Herrgott Du, noh langi Zit
uns unsri Muetter bhalte!

Das Märchen

Es sinnt und raunt in der Dämmerzeit
und wo es geht werden die Augen weit,
die Kinder lauschen mit Bangen:
Wie ist es wohl ausgegangen?

Es kommt auf leisen Socken
und in den Ecken hocken
die schwarzen Schatten
und das Licht flackert und blackt.
Man merkt es nicht,
wie der Zeit geflügelter Stundenschlag
enteilt.

Die alte Uhr geht ticke-tack,
die Katze schnurrt,
verschlafen gurrt
der Vogel dort im Bauer,
der Spitz sitzt auf der Lauer.
Wagt sich vielleicht ein Mäuschen
aus seinem finsteren Häuschen?

Großmutter kauert tiefgebückt
im Ohrenstuhl.
Doch es versiegt
noch nicht die reiche Quelle.
Die Kinderaugen helle
hängen am faltigen Runzelgesicht.-
Die Zeit vergeht,
tief brennt das Licht.-
Es war einmal vor Zeiten.-

Zeichnung Julius Kibiger

Sie sehen Gestalten schreiten
im Licht in fernen Weiten,
die leben, lieben, mahnen.
Ein Wissen um die Ahnen
durchweht die Kinderherzen.
Klingt auch die Mär wie leichtes Scherzen,
erfaßt sie doch die Urgewalt
des Seins,
wird wach und nimmt Gestalt.-
Es war einmal vor Zeiten.

Und Raum und Zeit entgleiten.
Die gläubigen Kinder lauschen
der Mären Flügelrauschen.

Verweht!
Es geht ein Atmen durch den Raum.
Mutter, ists wahr?
War es ein Traum
aus den Vergangenheiten?
Ein Hauch von Ewigkeiten?-
Es war einmal vor Zeiten.

Miim Vadder

Du schönscht Land uf der Herrgottserde
Voll Duft us sunnge Bluemegärte
Un blaue Wälder, duß der Rhii,
Mit diine abertausig Wunder,
Mit diiner Luft so weich un bsunder,
Mit diiner Frucht, diim Obst un Wii.

Du Heimethuus am Hörnli obe
Wie isch so rein un starch dii Ode
Mit diine Stube hell un warm.
Wie diini blanke Fenschter lache,
Wie diini Gibel drüber wache,
Es isch mer wohl in diine Arm.

Doch, Vadder Du, diis Weses Sege
Isch über unsrer Heimet glege,
Het si bewahrt vor Neid un Gir.
Du hesch Di gwehrt, drum gschafft un gschunde,
Für uns hesch gsorgt zue alle Stunde,
Mir danke, Vadder Dir derfür.

Der Fritzli

“Chumm, Büebli, chumm, s isch Zit in d Schuel!
Hörsch, sitz au rueihjg uf dym Stuehl!”
Sait d Muetter. “I ha vorig scho
E großi Schnitte grichtet jo!”

Der Fritzli lacht un gumbt un rennt
Mit synere Schnitte n in de Händ.
Jetz sicht er gar nit wit dervo
Der Götti uf der Leitere stoh,

Wu Trüübel an der Landre holt,
Die lache as wie angemoolt.
Er denkt: gern gib em d Schnitte drum,
Wenn i e Trüübel überchumm!

My Fritzli luegt, my Fritzli lacht,
Der Götti nümmt s, schiint s, nit in acht.
“He, Götti!” rüeft es. “Sichsch mi nit?”
“He s Fritzli”, sait er, “he, was witt?”

“I ha halt denkt: wenn i wär du
Un wärsch zue mir do ane chuu,
No hätt i gfrogt an dinre Stell:
Du wottsch au so n e Trüübel, gel?”

Unser Büebli

Unser Büebli isch verwacht,
lueg wies umeluegt un lacht!
Chleine Schelm, i weiß es scho,
wottsch jetz us em Bettli goh!

Diini Äugli schwarz un rund,
diini Höörli dunkelblund,
diini Bäckli roserot,
nei, wie keck di Näsli stoht!

Diini Glidli sin wie dreiht,
s Brüstli chräftig gwölbt un breit,
s Löchli tuet im Chini sii:
Ganz der Vater! sicht me glii!

Jo, sii ganze Stolz bisch du.
Jetz het s Lebe Glanz agnu!
Was e Chind für Freud eim schenkt!
Liebe Bueb, i hätts nit denkt.

Wie du gar so fründli lachsch
un gli druf e Müffeli machsch!
Gell, du weisch, s isch an der Zit,
aß me dir dii Esse git.

Scho tuesch nooch am Hüle sii,
machsch e Brüescheli derbii:
D Muetter macht jo s Müesli grad,
du muesch ha, s isch gli parat!

Weisch, s brucht alles halt sii Zit
un verhungere tuesch nit!
D Muetter het sovil de witt.
Loß der Zit! Verschluck di nit!-

S Muetterherz tuet glücklich schla,
tuet si gnueg für d Chinder ha.
Sell isch s Schlimmst gsi scho vu je,
het sis hungere müesse seh.

Jetz isch gueti Zit im Land,
s isch verschont vu Chrieg un Brand.
Wie lang ischs? S het großi Not
gherrscht un alle gfehlt an Brot.

Jo, me dörft wohl dankbar sii!
Notzit isch vergesse glii.
Aß du nie si gspüre tuesch,
so ne Zit erlebe muesch!

Jetz bisch noh in warmer Huet,
Vater, Muetter sin der guet,
wehren ab, was Chummer macht,
halte di gar guet in acht.-

So! Jetz isch der Hunger gstillt
un dii Büüchli wider gfüllt,
z'friden in den Arme lisch,
unser liebst, brävst Chind halt bisch!

Jetz verzell mer öbis, chumm!
D Äugli göhn hell um un um,
s Müli müeiht sich: “Chra un gra!”
heißt: “Wie guet ichs bi euch ha!”

Un de losch e Juchzger ab,
tuet sii helli Freud ha drab
wie de chräisch! Enandernoo
sin die erste Wörtli do.

Liebe Schatz, loß dir der Zit!
S Lebe dir vil z lehre git.
Bhüet di Gott! Blib wohl un gsund
froh un zfride alli Stund!

Der alt Wiibur

Sii Gsicht isch bruunbrennt vu Wetter un Wind,
gar runzlig un müed siini Händ,
im Rebberg het er scho gschafft as Chind,
het Arbet un Sorge früeih gchennt.

Het grabe un pflanzt, het gschnitte, vertraut,
sich gfreut au uf d Ern, het si glohnt,
het wider neui Rebe abaut,
het nie in siim Lebe sich gschont.

Gar mänkmol hän d Sorge ihn abedruckt
bi Mißwuchs, dur Chriegsjohr un Not,
er het nit noogee, er het nit gluckt
un gmüeiht sich all schwer um sii Brot.

Un er het doch nie verlore der Muet,
isch fester am Bode noh gchlebt,
im tiefste Wese sufer un guet
het gliebt er un glaubt, - er het glebt.

Wie gern het er gsunge im frohe Kreis
vu Fründ in mänker guete Stund.
Gern trinkt er noh sii Schöppli as Greis,
verdient ischs scho lang, - s sei ihm gunnt!

Einem Gefallenen

Es isch e Grab im fremde Land
so einsam un so fern.
Es grüeßts der Wind, wu drüber goht,
es grüeßes stilli Stern.

Ne eifach hölze Chrüzli traits,
es stoht kei Name dra,
doch het au der, wu drunter lit,
e treui Muetter gha.

E Muetter het ehm s Lebe gschenkt,
ihn gfüehrt dur s Chinderland,
es spinne starki Fäde noh
vum Grab zuem Heimetland.

Der Wind der bringt ehm unsri Grüeß,
un Duft vum Tanneriis;
vu unsrem schöne Heimettal
verzelle d Stern ehm liis.-

Zeichnung Julius Kibiger

Leim

E Hampfle Dreck in mynere Hand,
So warme geele Leim,
Drin inne Sege bis an Rand,
Mit Chräfte starch un gheim.

Us so me Schübel weiche Leim
Schafft Gott, was lebig isch,
Er nümmt s in d Hand un modlet eim,
Sy Ode chuucht, de bisch.

Am End Sy Ode wider chuucht-
Was worde n us em Leim,
Was Lebe gha het, isch verbruucht
Un zletscht im Leim deheim.

Die Dichter

Wandrer sin si uf der Erde,
jede uf sii Platz higstellt,
jede uf e bstimmti Fährte
mit me bsundre Uftrag bstellt.

Jede het e Pflicht z erfülle,
wun ehn ständig witertribt,
hinter ihm stoht stärkre Wille,
wenn er siini Ziile schribt.

Obsi, nidsi Fäde webe,
wun er gspürt un wun er chennt:
All sii Schaffe, sii ganz Lebe,
weißt er, lit in Gottes Händ.

Zum 90. Geburtstag von Adolf Glattacker am 30. Juni 1968.

Nünzig Johr, e langi Zit,
wu du gange Stuck um Stuck.
Wie ne hochi goldni Bruck
spannt si ihre Boge wit.

Nünzig Johr, e schweri Zit,
nit ellei uf Rose bettet,
Sorg, Leid, Chrieg hän sich verchettet-
das jetz zruck im Nebel lit.

Nünzig Johr, e schöni Zit.
All im Champf um Werch un Gstalte
chasch as Chünstler nie veralte,
Chraft un Wille Uftrib git.

Nünzig Johr, e hochi Zit.
Alles, was e Seel cha sage,
wu darf s Höchsti witertrage,
strahlts us diini Bilder nit?

Jetz darfsch erne us der Zit,
wu du gsaait mit volle Hände
treu dir selber im Vollende
goht der Huch vum Ewge mit.-

Schick zue der Geburtstagsfiir
miini beste Wünsch dir hi,
gsund noh s Lebes z freue di
sei vergönnt in Gnade dir!

An Hedwig Salm
zuem 80. Geburtstag am 14. September 1969

Heimat! Das Wort isch dur s Lebe mitgange,
es het Di trait, het im Tiefste Di gfange:
Himmel un Erde, si bschließt alles ii.

Das, was der Schöpfer Dir uftrait im Lebe,
liicht gsi isch s nit, mänkmol dornig dernebe,
lieb isch die Last Dir doch allewil gsi.

S Werk hesch us Seele un Geist Du gebore,
gründet im Ewige, ganz unverlore
darf es zuem Trost un zuem Sege eim sii.

S Wort, wu mit eigenem Herzbluet eis gschribe,
das wird au bstoh un wird Some blibe
über die dunkleste Zite noh hi.

Mög Di der Herrgott mit Gnade bedenke,
Gsundheit un Freude alltägli Dir schenke,
das soll mii Wunsch zuem Geburtstag hüt sii.

Dem Kunstmaler
J. K. gewidmet 1973

Du hesch all dörfe us gheiligte Schale
Chörnli um Chörnli zuem werche Dir neh,
Sand us Granit hän mit Gold un Opale
d Seel schmerzhaft gschliffe, Vollendig Dir gee.

Nüt isch Dir z chlei, denksch vum Chleine zuem
Große,
das git Diim Schaffe un Dosii das Gwicht;
wil Dii Herz d Wünsch cha vu andre erloose,
hän d Schöpfige s Land dur das ganz bsunder Gsicht.

Suecher bisch, Wandrer uf hochgsetzte Spure,
Chünder vu Heimet, vu Volk un vu Land,
all, au dur Tiefe, uf Höchene dure,
hesch dörfe gspüre e güetigi Hand.

Gschenkt isch Dir worde die Gob vu dem dobe,
agnu hesch Du si verständig un früeih,
hesch Di drum abgschafft vum Morge zuem Obe,
Freud gisch Du andre durs Werk un Dii Müeih.

D Heimet un d Fremdi hesch gseh un durzoge,
gwitet der Geist in re höchere Sicht,
größer un riicher uf spannt si der Boge,
s Schöpfe un Schaffe in Bilder git Bricht.-

Zeichnung Julius Kibiger

Lina Kromer zum 84. Geburtstag am 3.9.1973

Was uns e guete Geist
an riiche Gobe git,
wu uns vertraue heischt
in unserer böse Zit

isch Some un isch Chraft
wu ufehebt un bstoht,
wu über d Zite schafft
was trait un nie vergoht.

Wil alles gültig Guet
nit stirbt, het ewig Bstand
im Glaube un git Muet,
wil es us Gottes Hand.

Au Diini Werk un Wort
sin in Siim Wille gsi,
stöhn über Zit un Ort. -
Gott stand Dir witer bi!

An Otto Reinacher

zum 70. Geburtstag am 23. Mai 1971.

Du liebe Fründ, drumm i au hüte
mit miine Versli hintenoo,
as übel tue mer das nit düte,
möcht selber demnit zue Der choo.

Scho vili Johr tüen mer üs chenne,
i weiß, was Dir am Herze lit.
um Geld un Ehre duesch nit renne.
s isch d Heimet, wo Der Uftrib git.

Um ihre Wese, das was dinne
hesch Du Di gmüeiht so lang i weiß,
un gwüßt dü unsri Jugend z gwinne,
si z füehre uf em guete Gleis.

Mit offne Auge d Schönheit z luege
vu Wald un Matte, Berg un Tal,
um Kraft drus z neh us alle Fuege,
wu uf sich bschliaße überall.

Für s chleinsti Wese Liebi z wecke,
wu zeigt sich uf die fiinsti Art,
vor Sunnefrem d Händ usegstrecke,
wu rein d Natur uns uf het gspart.

Was wär e Wanderer ohni Singe?
Ne Lied macht s Herz Dir allzit froh,
ganz in Dir inne hörsch Du s klinge,
un s duet Di Lebtig mit Der goh.

So gang noch lang uf dine Spure
mit Freud un Lust un guetem Muet
bim Gohn un Singe, zletscht au dure,
wenn Dir der Herrgott rüefe duet.

Derno diasch sage: Wu i gange
bi i e braue Gsell dir gsi!
Un duesch zuem Dank e Lied afange
Er freut si un Er dankt Di gli.

Hesch jetz au d Sibzgier agfange,
Dii Herz bliibt jung un stark derbi
Mög alles Schön, wu mit Dir gange,
vil gueti Johr noch mit Dir sii!

An Ernst Haberstock
zum 75. Geburtstag am 19. März 1975

Unsre Fründ, der Gärtnermeister
un der Mann im grüene Rock,
Dichter, voll mit guete Geister,
das bisch Du, Ernst Haberstock!

Fiirsch der Fünfesibzigst hüte,
siht Ders wahrhaft nohnig aa,
d Arbet tuet der Freud bedüte,
tuesch dervu nit z wenig ha.

Dört am Bruedermattfels dobe
isch Di groß, schön Jagdrevier,
wu Du gern bisch, hesch Fürobe,
Pfleger bisch vum Waldgetier.

Lustig isch dört obe z lebe,
Gemse wechsle, Fuchs und Reh,
dört fallt Mänks Dir ii dernebe,
wu Du uns zuer Freud tuesch gee.

All lebendig, froh un heiter
hangsch so Jägergeschichte noo,
Frohsinn, Witz, das sin d Begleiter
wie Dii Freud am: Horido!

Mänkmol göh-mer Freud go tanke
bi de Fründ, schleipfsch mi als mit,
tue Dir bsunders derfür danke,
Fründschaftsdienst vergißt me nit.

Bhalt Dii fröhlich Herz un Wese,
blib is gsund noh langi Zit,
vil verzell noh, loß is lese,
günnsch vil Freud un Fründ dermit.

Wie Du d Blueme zart tuesch pflege,
wachsch uf d Waid, tuesch dobe stoh,
so mög au uf Diine Wege
Schutz mit Dir un Sege goh.

S mög e treue Stern Di leite;
d Lebesfreud, d Chunst, der Humor,
s Glück mög witer Di begleite
noh dur mänki gueti Johr!

Zuem Abschied vum Hubert Baum 24.8.1976

E liebe, treue Fründ isch eismols vun üs gange,
wie tuet das Scheide eim im Herz inn doch so weh,
im Fründeskreis tüen alli anenander hange,
doch einer vu de Beste, unsre Hubert, isch nit meh.

Nit vili Abschiedswort will ich ihm hüte schriibe,
sii Lebeswerk, si Schaffe das blibt witer bstoh,
was er uns gschenkt un gee, das würd lebendig bliibe,
was er in vile Johre gschribe het, würd nit vergoh.

So wien er glebt, wänn mir ihn im Gedächtnis bhalte,
als starke Baum, wu d Wurzle abetribe het
in Heimetbode, d Chräft drus gholt bim Tue un gstalte,
jetz findet er drin d Rueih, er git ihm s letscht warm
Bett.-

An Ernst Niefenthalter zum 75. Geburtstag

Am Pflueg bisch Du gange,
hesch z hoffe agfange
uf s Wachse un d Ern.
Der Acker het gee,
hesch riich dörfe neh
vum neue Soome Chorn un Chern.

Hesch gmüeiht Di im Gobe
vum Ewige dobe
bi Tag un bi Nacht.
Was Du dörfe neh
hesch andere gee
un hesch si froh un glückli gmacht.

Mög Dir jetz der Obe
verschöne der dobe,
halt über Dir Wach,
geb Sege der Ern
ab goldene Stern
in Gnade Dir vil tausigfach.

An Alban Spitz zum 6.4.1975

Zuem Geburtstag wünsch i Glück,
Gsundheit, Chraft un Freud,
aß mänk warme Sunneblick
uf der Weg Dir gstreut.

Fröhlich schaff an jedem Tag
noo Dii Chünstlerhand,
un Dii Geist vil schenke mag
Gültigs au Diim Land.

Aß Dir s Lebe s Best all günnt,
nie im Stich Di ließ,
isch mii Wunsch, mii liebe Fründ
mit vil schöne Grüeß!

Lebenserfahrungen

Fründschaft tuet men erst erlebe,
we-me selber Fründ darf sii,
s git nit Schöners do dernebe,
wil me git un günnt derbii.

Paula Hollenweger.

Freundschaft

Fründschaft tuet men erst erlebe,
we-me selber Fründ darf sii,
s git nüt Schöners do dernebe,
wil me git un günnt derbii.

Fründschaft brucht vil Zit zuem werde,
wenn si bstoh un hebe soll,
baut uf bsundre, eigne Werte,
heißt Vertraue, ganz un voll.

Das, was sich druf stützt un gründet,
dütlich zeigt an jedem Ort,
tief im Herz e Liecht azündet.
Fründschaft! S git kei schöner Wort.

Fründschaft stoht ganz in der Nöchi
dem, wu Liebi, Glaube heißt,
wenn Si au uf ihrer Höchi
nüt vu Bluetsverwandschaft weißt.

Fründschaft het e seltsem Wese,
wu me nit ergründe cha,
was si isch, chasch nit verlese,
wie si isch, so nümmsch si a.

Seis in Freude, seis in Liide
teilts e Fründschaft mit em Herz,
isch eim Hilf un Freud donide,
Chraft, wu trait in Glück un Schmerz.

I-me Fründ chasch alles sage
was me mit sich umetrait,
Fründschaft hebt in alle Lage.
Sorg recht, aß si nie verheit!

Zfride un froh

Gang eweg mit Geld und Ehre,
die wahrhaftig suech i nit,
mueß i mi au uding wehre,
förch i mi derwege nit.

Amel isch mer doch im Lebe
worde was i nötig gha,
mänks mir gschenkt noh gsi dernebe,
aß i nit gnueg danke cha.

Bin i gstande wie vor Muure,
ha kei Weg derdur me gchennt,
der dört obe het mi dure
amel gfüehrt zuem gueten End.

Mänkmol han i heimli gchiiflet
in der Nacht, verzwiiflet fast,
Er het ghulfe, wun i zwiiflet,
vu mir gnu die schweri Last.

Schließli han i glehrt vertraue,
wien er s schickt, so nümm is hi,
wil i ganz uf ihn cha baue,
darf i froh un zfride sii.-

Gott het jedem überwise
gar e schwer un wichtig Pfund,
mänkem Gold un mänkem Iise-
es ghört ihm zue jedre Stund.

Ihm seig Dank gsait für mi eiges,
wachse möchts enandernoo,
wenn er s zruck ha will, so seig es-
i bi zfride, das macht froh.

Was mag s bedüte

Trüeb isch jetz die ganzi Welt,
Spötlig isch s durii duruus,
nieneher en Amslelied.
Dicke graue Nebel zieht
us de bruune Ackerfuhre
füecht un tschuudrig am-mer dure.
Meint me nit, e Hand winkt druus?

Nohmol gang i hüt dur s Feld,
s blüeiht kei Gras, kei rote Chlee.
Grau zieht nume Nebel hi,
schwarzi Gaage falle drii.
Näumeher e Glockelüte
truurig, müed. - Was mag s bedüte?
Alles mahnt an s Abschid-Neh.

Vergiß es nit, mii liebe Fründ,
aß du do gebore bisch,
aß do Dii Wagle gstande,
aß do Dii Heimetboden isch!

Wenn Dir Schönes un Guets isch bschide,
nümms mit Dank im Herze a!
In Dir selber Rueih un Fride,
wit Du öbis Bessers ha?

Spruch

I will nit meh sii, as i bi,
Doch was i bi, das löön mi si.

Spruch

Was mer sin, was iis tuet hebe
gspürt me, Afang ischs un End,
unser Denke, Tue un Lebe,
alles lit in Gottes Händ.

Im Glaube un im Hoffe
wit über em Verstand
würd uns e Gheimnis offe:
Mir stöhn in Gottes Hand!

In stiller Stunde

Nie ne Mensch an Bode drucke,
zerst ehm subtil nöcher rucke,
in re stille, guete Stund
loose druf, was us ehm chunnt.

Öbis findet zletscht dii Gfalle,
wun ehn usehebt us alle,
wun ehn abedrucke wotte
un doch vun ehm lehre sotte.

Farbdruck Ölgemälde Julius Kibiger "Niedereggenen zum Blauen" Privatbesitz

Beim Glockenklang

Reif ist das Land!
In vollen Ähren
warf es die goldene Frucht
aus seinem warmen Schoß,
der reife Samen, den es band,
muß vielfach wiederkehren
nach langen Tagen
und nach dunklen Nächten
stark und groß.
Du nimmst und gibst,
mein Heimatland,
bewundernd sehe ich
das Vergehen und das Werden,
das mich mit tausend Fesseln an dich band,
das mich die tausend Wunder
der Natur belehrten.
Du bist mir immer neu!
Du hast die Macht zu halten
mich und mein Leben.
Zog gleich die Ferne mich
und wollte alles in mir
neu gestalten,
was konnte sie mir geben?
Was ist wohl stärker
als der Heimatlaut?
Was packt wohl tiefer
als die alten Heimatlieder,
die schon die Mutter an der Wiege sang,

Zeichnung Julius Kibiger

die mir seit meiner Kinderzeit vertraut
noch heute klingen
durch die stillen Wälder wider?
Und alles was die Heimat bot
ging mit mein Leben lang.
Wenn in der sanften Dämmerung
das Tal
der Abendglockenklang durchschwebt,
da sage ich voll Dank
viel hundertmal:
Reich war mein Leben,
das ich hier gelebt!

Treue im Stillen

In der Welt herrscht Angst und Not,
Hunger, Feinschaft, Haß und Tod,
Untergang mit Schrecken droht.
Wo sind Treue, Glauben, Licht,
Liebe, Menschsein noch in Sicht?
Laßt sie untergehen nicht!

Wo ein Herz in Liebe brennt,
seinen Nächsten Bruder nennt,
dessen Sorgen, Nöte kennt,
wo die Treue still regiert,
nicht den Glauben gar verliert,
Güte noch ein Wesen ziert,
da erblüht aus tiefstem Grund
Hoffnung auf zur selben Stund.

Spruch

Merkt Euch noch Ihr Lieben fein:
Es sind im Leben so Sachen;
nicht immer kann man glücklich sein,
doch immer glücklich machen!

Sprache und Dichtkunst

Wie ich zum Schreiben kam

Ich will versuchen zu erklären, wie ich als Bauersfrau zum Schreiben gekommen bin. Seit meiner Schulzeit sind viele Jahre vergangen. Der Erste Weltkrieg lag wenige Jahre zurück, als ich mich mit einem tüchtigen heimischen Bauer, der noch 1918 schwer verwundet worden war und lebenslang daran litt, auf dessen Hof verheiratete.

In jenen schweren Nachkriegsjahren ging unser Bemühen um den Fortbestand des Hofes. Die Inflation hatte das Bargeld aufgezehrt, die Teilung der Liegenschaften nach dem Tode der Schwiegereltern auch unter die drei Geschwister meines Mannes, so wie es hier üblich ist, war besonders für meinen Mann hart, da wir nicht in der Lage waren, die Grundstücke erwerben zu können. Es kostete Kraft und Mut, diese schlimmen Jahre durchzustehen. In der härtesten Zeit suchte ich in den wenigen freien Stunden von den täglichen Nöten Abstand und Ausgleich durch Lesen von guten Büchern zu gewinnen. Manchmal versuchte ich auch mit Niederschreiben von Gedichten, die mir zufielen, das was mich innerlich bedrückte, los zu werden. Meine ersten Gedichte hatte ich schon in der Schule heimlich dem Lehrer zu lesen gegeben, und ohne Worte gab er sie mir mit einem aufmunternden Lächeln wieder zurück. Auch manche kleinen Dorfgeschichten schrieb ich auf. 1933 schrieb ich mein erstes Mundartspiel in Versen zum 50jährigen Jubiläum der Kinderschule. Im

Jahre 1936 wurde ich gebeten, in Vertretung des Berichterstatters von einer einhundert Jahre alten Frau von hier einen Bericht an die Tageszeitung zu geben. Daraufhin wurde ich um weitere Beiträge gebeten, kam in Verbindung mit Zeitschriften und kam mit kleinen Spielen zum Südwestfunk. Schrieb auch verschiedene Spiele in alemannischer Sprache, und es war selbstverständlich, daß ich bei den Vereinen, die sich um Heimat und Volkstum bemühten, zur Mitarbeit bereit war. So sah ich immer mehr auf mich zukommen und fühlte die Verpflichtung in mir, die von Gott geschenkte Gabe zu nutzen und das erhaltene Pfund zu vermehren, soweit es mir gegeben und ich die Kraft dazu bekommen habe. Es sei auch nicht verschwiegen, daß manches Honorar, wenn es auch klein war, uns über manche Klippe geholfen hat. Das war insbesondere der Fall, als kurz nach dem Zweiten Weltkrieg unser guter Mann und Vater, nachdem er auch diesen Krieg zum großen Teil mitmachen mußte, durch einen Unglücksfall von uns gehen mußte und mich mit unseren zwei Töchtern allein lassen mußte. Wir sind damals wie vor einer Mauer gestanden, ohne zu wissen wie wir darüber hinwegkommen sollten. Und doch durften wir immer wieder spüren, daß eine Hand uns hält und Hilfe da ist, wenn wir sie am wenigsten erwarteten. Das hat mein Vertrauen gestärkt.

Immer war mein Wunsch und Ziel, das schwererkämpfte verbliebene Erbe den Kindern zu erhalten, und mit Hilfe der älteren Tochter und eines treuen

Freundes und Kameraden ist es auch gelungen. Wohl haben wir nach und nach durch fehlende Hilfskräfte und Geldmittel fast die ganze kleine Landwirtschaft verpachten müssen. Umsomehr Zeit ist mir verblieben, mich dem Schreiben zu widmen und die Arbeit füllt mich neben etwas Reben- und Gartenarbeit aus; denn ich liebe sie und ohne Liebe wäre alles Schaffen umsonst.

Es ist selbstverständich, daß ich alle Sagen aufschrieb, die ich erfahren konnte. Bald nach dem Zweiten Weltkrieg bin ich dann mit Wilhelm Kutter in Verbindung gekommmen, dem Leiter der Abteilung Volks- und Landeskunde beim Süddeutschen Rundfunk. Er hat es verstanden, mich in seine vielseitige Arbeit im Dienst an allem Volksgut meiner Heimat miteinzuspannen, und ich folgte seinen Anregungen mit viel Freude. Er war der Antrieb, wenn ich mich nun öfters auf die Suche machte nach noch lebendigen Winter-Sommerspielen und Gebräuchen, von welchen ich noch manche bereits vergessenen auffinden konnte, wie nach Sagen und alten Liedern, alten Mühlen und manchem anderen. Ich fand, vom Hisgir in Vögisheim ausgehend, von dem man noch wußte, viele schöne alte Bräuche in der nächsten und weitern Umgebung. Über alles durfte ich selbst Manuskripte schreiben und die Sagen in meiner Muttersprache auch sprechen. Natürlich setzte das Schreiben von Manuskripten über Sagen, Brauchtum, Heimatgeschichte usw. voraus, daß ich einschlägige Literatur zu Rate ziehen mußte und ich habe dem Entgegenkommen der Universitätsbibliotheken, dem Generallandesarchiv und anderen viel zu verdanken. So bedeutet mir die langjährige Freundschaft mit dem mit fachlichem Wissen begabten und von seiner Aufgabe beseelten Forscher Wilhelm Kutter, der die Menschen des badisch-württembergischen Raumes kennt und versteht, besonders viel.

Mit der Zeit kam ich in Verbindung mit vielen geistig hochstehenden künstlerisch Schaffenden, deren Freundschaft mir wertvoll ist, weil sie meine Arbeit verstehen. Als ich etwa zwölf Jahre alt war, befreundete ich mich mit Maria Koppenhöfer, der späteren großen und begnadeten Schauspielerin, die oft hier im Pfarrhaus ihre Urlaubstage verlebte. Die Freundschaft blieb bis zu ihrem allzufrühen Tod 1945 bestehen. Nie hätte ich gedacht, daß mich einmal soviel treue Anhänglichkeit auch mit einfachen Menschen, mit Bauern und Arbeitern, verbinden würde, wie ich es immer wieder erfahren darf. Und wenn ich auf mein Leben zurückblicke, darf ich wohl sagen, es hat mir viel Mühen, große Sorgen und Leid gebracht, hat aber auch viel Schönes und Köstliches für mich bereit gehalten.

Die Muttersprache

Weisch noh was d Muetter amel früeiher zue der
gsait?
"Schwätz wie der Schnabel gwachsen isch un
schüüch di nit!
Es het no keiner duß im Lebe schwer dra trait,
doch chasch dus bruuche, wievil Chraft die Sproch
dir git!"

Hört ein duß d Muettersproch, was denkt er sich
derbi,
wenn so ne Heimetlut verbeifliegt an siim Ohr,
ein, wu im Lebe stoht un schuflet Geld,
s cha sii
sii Herz isch chalt.

Doch z Nacht, do chunnts ehm mänkmol vor,
as häb er in siim Traum e Glocke lüte ghört,
es sag der Nochber:
"He, grüeß Gott! Bisch wider do?"
un druck ehm chräftig d Hand.
Das het ehn denke glehrt.

Druf het sii Herz am Morge heiß e Schnufer to.
"Grüeß Gott! Bisch do?"
Es würd ehm zmols ganz windeweh.
Die Wort stöhn vor ehm uf, as wie ne bluemig Feld,

wu s Muetterwort tief drin versteckt er drus cha neh,
die schönsti, riichsti Gob,
für ihn e ganzi Welt,
der Heimetklang, der Ton,
wu es sunst niene git.-

S isch einer bitterarm, wu niene d Heimet weißt
e gottserbärmlich Gschöpf, er tribt un wurzlet nit,
nie het er emol ghört was Muetterlut eim heißt.

Loos, Fründ!

Loos, Fründ, “des” tuet mer allmol weh,
“des”, des isch nit zuem sage,
“des” loßt un git kei Rueih mir meh,
“des” chan i nit vertrage.

Wenn ein am Kaiserstuehl sait “des”,
so mag as heimisch gelten es,
d Markgräfler tüens nit chenne.
Bim Hebel findet mes gwiß nit,
de chasch dört sueche wu de witt,
öb er “das” “des” tuet nenne.

Wenn einer bi uns schwätze tuet,
sait “des” statt “das” so chlingts nit guet,
ischs jetz au großi Mode.
Was soll das “des” uf eimol sii?
I sag halt “das” un blib derbii,
Das möcht i euch au roote.-

Un noh ne Wörtli stoßt mer uf,
das “immer”, un i halt nüt druf,
mein, “allewiil” tuet chlinge.
S würd unsri Sproch jo gnueg vermatscht,
hochgstoche mänkmol aneglatscht
un tuet nüt Bessers bringe.-

Mii Muettersproch das isch kei Schrei!
Drum hebe dra, wu es au sei,
si lebt vu andre Werte,
wu tief ins Wesen iinegöhn
vu unsrer Heimet riich un schön,
vum Sii, Vergoh un Werde!

Alemannische Bildersprache

Wie riich an Bilder isch die alemannischi Sproch,
s loßt alles sich im Bild treffsicher sage,
s goht leider vil verlore dervu doch
in unsre Tage.

Chunnt ein uf d Welt, isch der
Bachofe zsämmegheit,
un wenn ein stirbt, het er ins Gras
driibisse müesse.
Het einer Hunger, so het er e Dumpf im Buuch,
het einer gnueg, bschließt er der Mage ab,
es gieng au nüt zuem Schlüsselloch meh iine.
Un wenn ehm öbis gschmeckt, noh schmeckts noo
meh.
Er wünscht: Wenn nume doch mii Buckel au Buuch
wär!
Isch er dnoo z Obe müed, er leit sich in der Chratte,
luegt zue de Hiene uuse, öb er schloft un luegt
wu morn isch. Goht mit de Hüehner untre,
aß früeih er wider us de Fedre chunnt,
wil men am Morge scho der Fürobe mueß sueche.

Der Bueb im Bett, der drüllt si nohmol um.
Do rüeft der Vater: “Us de Hürscht in Hochwald!”
Zuem Mittagesse hän die Beedi gern Herdöpfel,
wu zerscht dur der Säumage gange sin:
e groß Stuck Speck!

Gohts hoch her, trinkt me Wii, vu sellem weisch,
wu d Chatz druf hockt (e Muskateller),
kei Öpfelbumbis!
Git ein siim Gspusi ganz verliebt e Schmutz,
so schleckt er wie ne Chueh
noo ne me Erbeeri,
un sicht er öbis nit,
het er e Trübelbeeri uf em Augedeckel.
Er sicht der Wald vor luter Bäume nit!

Sagen und Dorfgeschichten

Das Heidenmännlein

Nach einem Krieg kamen einmal drei reiche Jungfern nach Müllheim. Mit ihrem vielen Geld bauten sie eine fünfstöckige Burg und große Scheunen und Ställe. Eine gewundene steinerne Treppe ging bis in das oberste Turmgeschoß der Burg. Trotzdem hatten die Jungfern noch Geld übrig, das sie heimlich im Burgkeller vergruben. Im Burggarten oder "Schlößligarte", wie man es dort heute noch heißt, pflanzten sie viele Rosenbäumchen und hießen deshalb ihre Burg "Rosenburg".

Eines schönen Tages kam ein kleines Männlein, welches aussah wie ein Zwerg, das um Arbeit bat. Die Jungfern lächelten wohl und dachten, daß es ihnen wenig nützen würde, behielten es aber gutwillig. Darum lief es jeder Jungfer zulieb, wohin es nur sollte. Nur freundlich mußte man sein zu ihm, sonst machte es alles verkehrt. Nie sah man es ohne seine weiße Zipfelmütze. Das Männli konnte nicht richtig deutsch, ging auch nie in die Kirche und nie sah man es beten. Darum sagte man zu ihm auch "s Heidemännli".

Überall war es anzutreffen, oben auf der Burg, in den Ställen und im Rosengarten. Den Platz im Keller, wo die Jungfern ihren Schatz vergraben hatten, wußte es wohl, ohne daß es ihm jemand gesagt hatte. Ritten die Jungfern einmal über Land, schlich es in die Nähe des Verstecks und paßte auf, daß der Schatz nicht gestoh-

Zeichnung Julius Kibiger

len wurde. Besonders schaute es auch auf die Mägde, damit sie sich nicht an den Hühnernestern vergriffen.

Das Heidenmännlein hat noch lange gelebt, als die Jungfern schon längst gestorben waren. Es half da und dort, lieferte aber auch manchem einen Streich, wenn es geärgert wurde. Wenn man es den ganzen Tag nicht sah, so zeigte es sich bestimmt, wenn der Schweinehirt, der “Säubaschi”, (Baschi=Sebastian) die Schweine austrieb. Da steckte es auf einmal den Kopf zum oberen Turmfenster heraus, machte dem Säubaschi eine lange Nase, krähte wie ein Hahn und hüpfte am Fenster herum. Der Schweinehirt war gutmütig und ließ es sich lange gefallen. Aber das Heidenmännlein trieb es immer ärger, wenn es ihn schon von weitem sah, und da wurde es diesem zu dumm. Wütend rannte er die Wendeltreppe hinauf, um dem Kerl einen Denkzettel zu geben. Das Heidenmännlein warf den Säubaschi aber so unsanft die steinerne Treppe hinab, daß er halbtot unten liegen blieb. Von da an blieb das Heidenmännlein verschwunden, und man hat es nie mehr gesehen. Man vermißte es überall und ließ seinen Kopf in Stein hauen. Als die Rosenburg abgetragen wurde, kam der Stein an ein Haus in der Nähe. Dort kann man das Heidenmännlein heute noch sehen.

Der Dorfzottel

Einst ging in Feldberg vor Weihnachten der Dorfzottel um. Das war ein schwarzes, wolfähnliches Tier so groß wie ein Kalb. Es hatte eine feurige Zunge und rote Augen, und es stellte sich mitten im Dorf solchen Leuten entgegen, die unrechte Wege gingen, oder auch den Reichen, die gegen die Armen umbarmherzig waren. Lärmende Kinder konnte der Dorfzottel nicht leiden und trieb sie heim, wenn sie bei einbrechender Nacht im Dorf lärmten und lachten. Darum mahnte der Großvater uns Kinder, wenn er in dieser Zeit in der Dunkelheit mit uns heimging und wir laut waren. "Sin still, Chinder, suscht chunnt der Dorfzottel!"

Das Schlangenkrönlein

Auf einem großen Hof in Niederweiler bei Badenweiler, nahe am Klemmbach, stand einmal ein armes Mädchen im Dienst. Jeden Morgen und jeden Abend mußte es die Kühe melken, und jedesmal kam eine große Schlange in den Stall, die ein feines goldenes Krönlein auf dem Kopf trug. Darüber freute sich das Mädchen, denn es hatte einmal gehört, daß eine solche Schlange Glück bringe, und es gab ihr jedesmal Milch zu trinken. Das Vieh im Stall gedieh merkwürdig schön, und was das Mädchen tat, war zum Guten.

Aber die Bauersleute sahen es nicht gerne, wenn das Mädchen der Schlange von ihrer Milch gab, und weil sie ihm immer mehr Arbeit aufbürdeten und ihm immer weniger Lohn zahlten, ging es wieder zu seinen Eltern zurück. Als es zum letztenmal der Schlange das Schüsselchen füllte, sagte es traurig zu ihr: "Wer würd dir vu jetz aa dii Milch gee, schöni Schlangekünigi?" Da legte ihm die Schlange zum Dank ihr Krönlein in die Hände. Das Mädchen bewahrte das Krönlein auf, solange es lebte und hatte in allem Glück.

Der Bauer aber hatte überall Unglück; und nachdem das Mädchen fortgegangen war, ging es zusehends mit dem Hof bergab. Schließlich kam er unter den Hammer. Die Schlange hat man nie mehr gesehen.

Das Heiligenbrünnlein

Als Graf Rudolf von Habsburg das Oberland (so nennt man hier die Gegend zwischen Müllheim und Basel) durchzog, plünderten und brannten seine Soldaten, wo sie hinkamen. Sie raubten auch das kleine Frauenkloster Sitzenkirch im Jahr 1272 aus, legten Feuer, und auch das Holzkirchlein brannte nieder bis auf den Grund. Die adeligen Nonnen flüchteten in äußerster Not, und eine davon wollte das Frauenklösterchen Gutnau über Auggen erreichen. Doch sie wurde von Soldaten verfolgt und flehte in ihrer Angst zur heiligen Jungfrau um Schutz. Beinahe hatte sie Auggen erreicht, da sank sie erschöpft zur Erde und sah die Verfolger näher kommen.

Wieder bat sie die Gottesmutter um Hilfe, da floß auf einmal eine reine Quelle neben ihr aus dem Boden. Sie trank und war von dem wunderbaren Wasser so gestärkt, daß sie bis an den Rhein fliehen konnte. Dort setzte sie ein Schiffer über, und drüben fand sie sichere Aufnahme.

Zu Ehren der hl. Jungfrau wurde das Brünnlein bei Auggen bis heute "Heiligenbrünnlein" geheißen.

Die weißen Jungfern

Einmal ging um Mitternacht ein Mann von Müllheim her, den Rappenhohlenbuck hinab, heimwärts. Da sah er keine hundert Meter entfernt eine kleine Schar weißgekleideter Jungfern beim Riedbrünnlein stehen, die sich lebhaft unterhielten. Der Hund des Mannes lief aufgeregt bellend auf die Frauen zu, rannte aber plötzlich mit eingezogenem Schwanz davon. Als die Frauen lautlos verschwanden und der Mann gut nach Feldberg gekommen war, fand er dort auch seinen Hund wieder.

Seltsame Erlebnisse einer Nacht

Eine fröhliche, aber wahre Begebenheit

Es war eine trauliche Stunde um die Abendzeit im Heime lieber bekannter Menschen im Markgräflerland. Das dämmerige Licht verbreitete eine gemütliche Behaglichkeit im Raume. Einige alte, anheimelnde Gegenstände verrieten mir viel Sinn meiner Freunde zum Althergebrachten, ein verwurzeltes, heimattreues Geschlecht. So konnten auch die Gespräche nicht alltäglich sein, denn der edle Tropfen der Schlierbergener Reben allein konnte nicht die Ursache der anregenden Unterhaltung sein. Sie drehte sich um Land und Leute, und der Hausherr hatte als Apotheker durch seinen Beruf mancherlei Erfahrungen gesammelt. Er selber, groß und schlank mit gepflegtem Bart und hellen, klugen Augen, hatte sich elastisch und frisch wie ein Junger gehalten, trotzdem er um die Sechzig zählen mochte. Wie manches Tränklein und Pülverlein ging aus seinen Händen, um Kranken Stärkung und Heilung zu bringen, und manches hat er so bereitet wie es ihn die Erfahrung gelehrt.

Klopfte irgend ein Bauer an um irgendeinen Rat, so ward er ihm ganz selbstverständlich freundlich und hilfsbereit gegeben. Die Apotheke lag breit und stattlich an der Straße, davor ein hübsches Vorgärtchen. Dahinter ein großer Obst- und Gemüsegarten. Auch auf diesen Garten kam der Apotheker zu sprechen indem seine liebenswürdige jugendliche Gattin zum Zugreifen nötigte und die Töchter in anmutiger Geschäftigkeit den Tee bereiteten.

“Da muß ich Ihnen auch noch etwas erzählen”, begann er. “Zwar ist es schon lange her, aber es steht so lebendig vor mir, als obs gestern gewesen wäre:

Es war schon ziemlich spät am Abend. Meine zwei Kinder waren im Bett, und meine Frau fühlte, daß ein drittes Kind zu unserer innigen Freude bald da sein würde. Die Magd saß in der Küche und meine Gedanken gingen immer zu meiner Frau, die mit mir hier sonst die Arbeit teilte, die mir fehlte, und die ich jetzt auch ungern verließ. Eine große Hoffnung und der Wunsch erfüllte uns beide, daß diesmal der Stammhalter Einzug halten möchte. So lief ich von der Apotheke immer wieder hinauf zu meiner Frau, strich ihr die Kissen zurecht und war voll Unruhe um sie. Dann lief ich wieder zurück, um bald mit der Arbeit fertig zu werden. Als ich ungesäumt arbeitete, hörte ich plötzlich einen entsetzlichen Schrei der Magd. Schnell lief ich der Küche zu und als ich die Türe öffnete, war da zu meinem Erstaunen ein Schwirren und Flattern meines Flugs weißer Tauben. Sie flogen unruhig in der Küche herum und schienen in höchster Aufregung. Die Magd saß wie gelähmt vor Schreck, denn sie wußte nicht, was das zu bedeuten hatte. Die angelehnten Fensterflügel waren aufgefahren und die Tauben ängstlich und verschüchtert hineingeflattert. Sofort dachte ich, daß ein ungebetener Gast das Taubenhaus aufgesucht und die Tiere wohl auf der Flucht dem Lichte zugeflogen sein mußten. Das Taubenhaus war im Garten auf einem starken und nicht allzuhohen Pfahl befestigt, und ich hatte das Zuschließen desselben durch die besonderen Umstände dieses Tages vergessen. Nun schloß ich zunächst das Küchenfenster, zählte meine Pfleglinge und es fehlte keine. Sie saßen überall, auf Geschirrschaft, Stuhllehnen, Kochtöpfen, auf Tisch und Schrank und flogen unruhig auf und ab. Sie kannten meine Stimme und wurden zutraulicher als ich sie lockte.

Mit dem Licht, man hatte damals natürlich noch die Petroleumlampe, mußte mir das Mädchen in den Garten folgen. Etwas ängstlich trippelte es mit der Lampe hinter mir her. Diese nahm ich ihm ab und lief zum Taubenhaus, um hineinleuchten zu können. Und siehe da, ein Marder schoß darin herum und suchte den Ausgang, anscheinend nun vom Licht geblendet. Flugs schloß ich die Türe, gab das Licht der Magd zurück und suchte nach einem Stock. Nun mußte sie mir durch das Fenster hineinzünden, damit ich den Mader sehn und unschädlich machen könnte. Einigemale hieb ich wild auf den Räuber ein, da machte er plötzlich einen Sprung, - ein Klirren und Splittern - und wir standen im Dunkeln. Dann ein Platschen und, - die Augen hatten sich schon an die Dunkelheit gewöhnt, - entdeckten wir den Marder im großen Wasserfaß, das im Garten eingegraben stand. Flüchtend hatte er erst die Lampe beim Sprung mitgerissen und war dann geradewegs ins

Wasserfaß gelaufen. Schon suchte er sich schwimmend zu retten, aber ich trieb ihn mit dem Stock immer wieder ins Wasser zurück. Die Magd schickte ich ins Haus um einen Sack zu holen. Ich wollte ihn über den Marder werfen, um ihn lebend fangen zu können. Wie das vonstatten gehen sollte, war mir noch selber ein Rätsel. Da nahm das Tier plötzlich einen Anlauf und setzte über den Rand des Behälters. Da langte ich zweimal kräftig aus, daß der Marder wie tot am Boden liegen blieb. Vorsichtig faßte ich ihn an und ließ ihn in den herbeigebrachten Sack fallen, nahm diesen und eilte endlich dem Hause zu. Achtlos warf ich ihn in der Eile in die Apotheke, denn ich wollte doch so schnell wie möglich zu meiner Frau hinauf. Mit der Magd trug ich die Tauben in ihr Haus zurück, das ich nun sorgfältig verschloß und eilte endlich zu meiner Frau hinauf, die ungeduldig auf mich wartete. - Es mochte eine Stunde oder mehr vergangen sein, und ich war unruhig und voller Sorgen durch die Zimmer und immer wieder an das Bett meiner Frau gelaufen. Da, plötzlich ein Lärm, ein Klirren und Poltern in der Apotheke. Voll böser Ahnungen getrieben, rannte ich so schnell ich konnte hinab, und als ich mit dem Licht eintrat, stand ich zunächst wie versteinert. Da hing der Marder an den Schäften, hatte Krüge, Dosen, Flaschen und Fläschchen heruntergeschmissen und sah, wie mich dünkte, spöttisch auf mich herab. So hatte ich ihn also nur betäubt, und er hatte sich inzwischen aus dem Sack geschafft. Nun griff ich nochmals zum Stock und machte ihm mit einigen kräftigen Schlägen ein für allemal den Garaus. Einen Schuß auf ihn abzugeben, wagte ich nicht, um meine Frau nicht zu erschrecken und ob ich ihn in der Aufregung überhaupt getroffen hätte, bleibt fraglich.

Als ich wieder zu meiner Frau hinauf kam, gratulierte man mir zum Stammhalter. Es war ein prächtiger, gesunder Junge angekommen unter den besonderen Umständen dieser Nacht. Es ist ein guter, tüchtiger Mensch geworden, Sie kennen ihn ja, und ich bin schon ein wenig stolz auf ihn.-

Die zwei Fremden
Eine wahre Geschichte

Es war bald nach dem Ersten Weltkrieg, als in der späten Jahreszeit bei einbrechender Dunkelheit zwei fremde Männer auf den Hof kamen und sich suchend nach jemanden umsahen. Mein Mann ging hinaus, unterhielt sich kurz mit den beiden und brachte sie ins Haus. Mit einer Handarbeit beschäftigt, sah ich fragend auf, als die beiden Fremden in die Stube traten, die mich ebenso fragend und, wie es mir schien, etwas ängstlich ansahen. Der eine, ein großer blonder Mann um die Zwanzig, näherte sich mit einer Verbeugung. Doch sein Begleiter, um einige Jahre älter, stellte sich vor ihn hin und gab mir die Hand, so wie es auf dem Land der Brauch ist. Verwundert sah ich auf meinen Mann, der den Fremden Platz anbot. Aber der jüngere setzte sich erst, als auch ich Platz genommen hatte.

“Verzeihen Sie die Störung, gnä-” wollte sich der Blonde an mich wenden, als ihn sein Begleiter am Ärmel zupfte, er möge schweigen, und uns ihr Verhalten erklärte.

“Wir sind, durch die jetzigen Umstände gezwungen, auf dem Weg zu Freunden in der Schweiz. Der Umsturz in unserem Land zwingt uns, unserer eigenen Sicherheit wegen, auf Umwegen hier wegzukommen. Verzeihen Sie, wenn wir unsere Namen verschweigen, schon um Ihnen dadurch keine Unannehmlichkeiten zu machen. Wir hoffen auf Ihr Verständnis und bitten Sie, uns in dieser Nacht aufnehmen zu wollen. Wenn wir in Ihrer Scheune nächtigen dürften?" Mein Mann und ich sahen uns kurz an. Wir lebten in der Zeit einer großen politischen Umwälzung. Aber wir hätten einem jeden Unterkunft gewährt, wäre er in einer ähnlichen Lage zu uns gekommen. Das stand ohne Worte für uns fest.

Die Kleidung der beiden war mir sofort aufgefallen, vor allem die des Jüngeren, ganz besonders aber dessen durchgeistigte Züge in dem schmalen Gesicht und die feingliedrigen Hände, die unruhig auf dem Tisch lagen. Die ganze Erscheinung verriet eine vornehme Persönlichkeit, und es war leicht festzustellen, daß der Ältere sein Betreuer und sein Freund war, der sich vor ihn stellte, und ihn nicht zu Wort kommen ließ, wohl in der Furcht, er könnte ihre Herkunft verraten, oder etwas in einem Bauernhaus Unpassendes sagen oder tun.

"Wir haben im Augenblick nur ein Bett frei, wenn Sie damit vorlieb nehmen wollen!" bot mein Mann ihnen an und bat mich, ihnen etwas zum Essen zu holen. Der Jüngere sprang auf, verbeugte sich und sagte sichtlich erregt: "Wir wären Ihnen zu Dank verpflichtet!" Doch sein Begleiter zog ihn wieder am Ärmel auf seinen Stuhl zurück, dankte ruhig und fragte, ob der Bauer wohl nicht einen älteren Rock übrig hätte, vielleicht auch ein Paar Schuhe? Der Rock seines Freundes sei naß vom Schweiß, und dessen Schuhe drückten bereits vom langen Gehen. Natürlich nur gegen Bezahlung! In der Küche sagte ich Bescheid und ging, nach den Sachen zu sehen. Lederschuhe waren damals eine Rarität, aber es fand sich noch ein Paar, die niemand paßten. Mit diesem und einem noch ordentlichen Rock kam ich zurück, denn ich hatte wohl bemerkt, daß der Fremde mit seinem Rock aus bestem Tuch und den feinen Lederschuhen überall auffallen würde. Sein Begleiter war weniger auffallend gekleidet. Als der Blonde seinen Rock ausgezogen hatte, zwar in meiner Gegenwart sichtlich ungerne, zeigte sich, daß sein feines weißes Hemd völlig durchnäßt war. Deshalb holte ich ein trockenes und ging in die Küche, um die gebrannte Mehlsuppe, die vom Abendessen übrig geblieben war, hereinzuholen und nahm das Hemd mit hinaus, um es zu waschen und über Nacht am Ofen zu trocknen. Nachdem ich auch geröstete Kartoffeln, Endiviensalat und Eier gebracht hatte und mein Mann einen Krug voll Wein aus dem Keller heraufgeholt, nötigte ich beide zum Zugreifen, sie schienen recht hungrig zu sein. Dabei war der Ältere immer bemüht, dem Jüngeren zu zeigen wie ungezwungen auf einfache Art gegessen wird.

Ein tiefes Mitleid mit den Beiden überkam uns, denn wir durften, wenn auch schon unter sehr erschwerten Verhältnissen, ja auf unserem Hof in der Heimat bleiben. Die beiden Fremden schienen aus einer ganz anderen Umgebung zu kommen, und besonders der Jüngere verriet in seinem ganzen Verhalten eine vornehme Herkunft. (So ein höfisches Benehmen kannte ich schon aus meiner frühen Kindheit. Wenn nämlich der Vetter meines Großvaters im langen schwarzen Bratenrock zu Besuch erschien, bemerkte ich mit Respekt wie beide sich mit Verbeugungen galant begrüßten und so vornehm taten, als kämen sie eben von einer französischen Schule des guten Tons, obwohl sie mit Leib und Seele Bauern waren. Das war aber in den sogenannten "besseren" Kreisen am Oberrhein noch allgemein üblich, ein Überrest aus der Zeit um 1860, als die Condèer, aus Frankreich hierhergeflüchtete adelige Emigranten, sich im Markgräflerland seßhaft gemacht und feine Sitten eingeführt hatten.)

In der Küche hatte sich die Magd bereits über das Hemd hergemacht und wollte wissen, wer die beiden Fremden seien. Das seien Kriegskameraden vom Bauer, erklärte ich ihr, denn das dürfte wohl gestimmt haben. Sie aber wies mir das Hemd vor, in das ein Monogramm mit einer Krone darüber eingestickt war. Das müßten noble Kameraden sein, stellte das Mädchen fest, wenn sie sogar im Hemd eine Krone hätten. Vielleicht habe der Mann das Hemd irgendwo bekommen, beruhigte ich sie, gleichgültig tuend, und ging, um das Bett zu richten. Dem älteren Fremden boten wir an, er könne in der Stube schlafen, wir würden ihm Decken geben. Er aber erklärte, lieber das Bett mit seinem Freund teilen zu wollen. Mein Mann stellte deshalb noch einen bequemen Lehnsessel in die Kammer, einen großen Krug mit warmem Wasser neben die

Waschschüssel und legte zwei Paar wollene Socken dazu.

Sie würden frühmorgens wieder weitergehen und uns nicht länger zur Last fallen, versicherte der Ältere, als mein Mann sie in die Kammer führte. Beim Frühstück mußte er ihnen den nächsten Weg zur Grenze beschreiben. Wir gaben ihnen noch zwei belegte Brote mit auf den Weg, die sie oben auf ihre Sachen im Rucksack legten, den der Ältere aufnahm, nachdem sich beide bewegt dankend verabschiedet hatten.

Von Geld hatte keiner mehr gesprochen, wir hätten auch keines angenommen, das bedurfte keiner Worte. Denn aus der Not anderer Menschen darf man niemals Profit schlagen. Das war hierzulande stets ein ungeschriebenes Gesetz. Doch als die beiden Fremden längst fortgegangen waren, fand ich unter dem leinenen Tischtuch einen größeren Geldschein liegen, und sehr beschämt sahen wir einander an.

Wo die beiden Fremden hergekommen und wo sie hingegangen sind, das haben wir nie erfahren.

Farbdruck Ölgemälde Julius Kibiger "Reggenhag mit Bammert" Privatbesitz

und den Most in die Fässer abtrugen. Dabei beeilten sich die jungen Leute, denn an jedem Abend war in einer Wirtschaft Herbsttanz, bei dem sie nicht fehlen wollten.

Heute verläuft die Weinlese viel nüchterner. Daheim wird gegessen; dauert die Arbeit länger, werden belegte Brote mitgenommen, Wein, und Tee in Thermosflaschen. Das Herbsten macht wohl Freude wie seit je, aber man muß sich beeilen. Mit Autos und Traktor fährt man hinaus, und am Nachmittag und bis gegen Abend müssen die mit Trauben gefüllten großen Bütten zu den Winzergenossenschaften gefahren werden, wenn ein großer Weinbauer seine Trauben nicht selbst keltert und den Wein selbst vermarktet. Aber Hilfen vom Schwarzwald kommen heute keine mehr, die Lieder sind verstummt, es ist stiller geworden in den Rebbergen beim Herbsten, und auch von einem Herbsttanz weiß man schon lange nichts mehr. Aber "der Rebbammert", der Rebenbannwart und Rebenhüter, ist noch heute da und dort anzutreffen.

Solange ich mich zurückerinnern kann, hat "unser" Bammert das Feld, den Bann gehütet, und seine große, hagere Gestalt steht noch heute lebendig vor meinen Augen. Von Wind und Wetter sind seine Kleider arg mitgenommen. Lange Haare von unbestimmter Farbe schauen unter dem zerbeulten und verschlissenen Hut hervor. Zerknittert und wie Leder ist sein Gesicht mit dem grauen, kurzen Bart, und zwei lustige, aber auch wissende Augen schauen in die Welt. Sein Amtszeichen, die Gabel mit den zwei kurzen Zinken, hat er unter den Arm geklemmt. Sie dient ihm als Stock und auch zur Abwehr, wenn das je nötig würde. Der "Chlobe" in der linken Mundecke raucht selten, weil ihm das Geld für den Tabak meistens fehlt. Daheim warten ein paar hungrige Mäuler, da gibt es oft "Volkskonzert", und da drückt er sich gerne und streift mit wachsamen Augen über die weiten Felder. Da ist er daheim, da kennt er jedes Stück Land und wem es gehört, jeden Baum und was er trägt, weiß jeden Haselnußstrauch, jeden Fuchs- und Dachsbau und weiß, wo die Rehe wechseln. Zum vielen Schwätzen ist er meist nicht aufgelegt. Wenn aber der Herbst vor der Türe steht, und er die Rebberge hüten muß, da leidet es ihn bei Tag und Nacht nicht daheim.

Er ist nur Bammert, also Bannwart und Feldhüter den Sommer über und muß aufpassen, daß keine Langfinger sich über Gebühr an fremdem Eigentum vergreifen. Besonders die Buben machen ihm zu schaffen, die wissen, wo die frühen Kirschen an den Bäumen reif sind, oder das Weidvieh auf fremden Matten weiden lassen, weil sie vor lauter Unfugtreiben nicht darauf achten. Mich hat er auch einmal erwischt, zu meiner Schande muß ich es gestehen, als ich - das erste Mal und das letzte Mal - mit zwei anderen Mädchen auf des Nachbars frühem Kirschbaum saß. Die anderen konnten rechtzeitig fliehen, aber auf mich hat er gewartet bis ich unten war, hat mich am Arm vor den Vater geführt, der das “Vergehen” mit einem Schnaps und gutem Wort aus der Welt geschafft hat. So hat er manchmal kleine “Straftaten” selbst “belangt”!

Ein paar Wochen vor dem Herbst ist der Bammert zum “Reb”-Bammert aufgestiegen, und von da an darf er seinen Vorderlader mit sich tragen. Zuerst aber richtet er die “Tschäubele” (mhd. schoup), einen Wisch Stroh, den er mit Weiden auf einem langen Stecken festbindet und das Stroh unter dem Bund sauber eben schneidet. Da stehen die Maidli und Buben um ihn herum, vor allem, wenn er eine hübsche Strohpuppe flechtet. Diese steckt er am Anfang jeden Rebenweges auf zum Zeichen, daß dieser Weg zu gehen verboten ist. Und er paßt höllisch auf, daß sich einer nicht an den Trauben vergreift oder sich gar in einem fremden Rebstück Trauben holt. Selbst für den Eigentümer ist es nur an einem Rebtag in der Woche erlaubt, den Stand der Reife zu begutachten, zu sehen, bis wann das Herbsten beginnen kann, oder je nach Zustand beginnen muß. Er darf auch ein paar Trauben mit heim nehmen. Fällt ein Schwarm der gefräßigen Stare oder naschhaften Amseln in ein Rebstück ein, vertreibt er sie mit einem Schuß, läßt sein Gewehr aber auch sonst einmal da und dort knallen, zum Zeichen, daß er auf Posten ist. Dabei hat er auch das Feld im Auge, und erwischt er einen, der Äpfel, Nüsse oder gar Trauben mitgehen heißen will, schleicht er sich heran, holt umständlich sein schwarzes Notizbuch heraus, fragt gewissenhaft nach Namen und Stand und nimmt ihn mit aufs Rathaus, oder läßt ihn im leichten Fall noch einmal laufen. Abends geht er abwechselnd bei den Weinbauern vorbei, die ihm ein Vesper und ein Logeli, das ist ein kleines Holzfäßchen, voll mit gutem Rebwein mitgeben, den er mit seinen drei Hilfshütern teilt, die sich mit ihm in der Wache teilen.

Manchmal machen die jungen Burschen dem Rebbammert wenig Freude. Er hat es schon mehr als einmal erlebt, daß sie ihm die schönsten Trauben für ihre Maidli stibitzt haben. Er weiß zwar selber noch aus Erfahrung, daß einer damit eine besondere Ehre einlegen kann. Seinem Maidli hat er damals auch einmal Trauben gebracht von den schönsten, den Roten, von denen es nur wenige im Rebberg gibt, auf die er heute und alle Jahre her besonders gut aufpaßt. Da, ganz in der Nähe vom Bammerthäuschen stehen sie. Es ist heute recht neblig und naßkalt. Das Feuer brennt lustig in der Ecke des kleinen Häuschens droben, und der Rebbammert liegt auf der Pritsche, streckt seine langen Beine dem Feuer zu und wartet auf die Ablösung. Das Logeli hängt an seinem Nagel an der Wand, und wenn die anderen kommen, wird der Wein getrunken. Jetz döst er ein wenig vor sich hin.

Da glaubt er etwas zu hören, denkt, seine Helfer kämen, lauscht und springt mit einem Satz hoch, denn das ist bei “seinen” Roten! Die Gabel in der Hand schleicht er hinaus, überall raschelt es durch die Reben. Er rennt zu den Roten, greift hinein und erschrickt. Die schönsten Trauben fehlen, so lang und so dick wie seine Hand! Ein unbändiger Zorn steigt in ihm hoch. Den Lausbuben muß er kriegen! Sein gutes Ohr läßt ihn nicht im Stich. Im Dorf verliert er die Fährte nicht mehr, da merkt er bald, wohin es geht. Der Max will sie seiner Liebsten verehren, seine Roten! Er schleicht sich hinter die dunkle Hausecke, hört den Max rufen und das Marili schimpfen. Doch kurz geht das Licht an und das niedrige Fenster auf. Fast hat's dem Rebbammert die Sprache verschlagen! Im Licht hat er die schönen Roten sehen können. Verliebt hört er die Beiden flüstern. Der Max scheint keinen kleinen Stolz zu haben, daß er mit seinen Helfershelfern seinem Maidli die Freude machen konnte. Er schwingt sich auf's Fensterbrett, seine Beine schlenkern herab und sein Kopf verschwindet im Fenster. Der Bammert muß sich plötzlich ins Fäustchen lachen: Jung Volk, miserables! denkt er. Das Marili würde auch ihm gefallen, und sein Zorn verrauscht so schnell wie er gekommen ist. Junge Herbstleute gehen singend Arm in Arm durch das schlafende Dorf. Er hört dem Lied nach, schleicht davon, steigt langsam wieder den Berg hinauf und lächelt noch still vor sich hin.

Nun muß er sich erst einmal stärken, und holt den Weinlogel herab. Aber der kommt ihm verdächtig leicht vor. Jetzt haben ihm die miserablen Strolche noch den Wein ausgetrunken! Der Zorn, der ihm in den Kopf steigt, ist echt. Wenn das herauskommt, ist er blamiert. Aber keiner hat sich verraten. Erst viel später hat er es dem Max und seiner Frau, dem Marili, erzählt und gesagt: “D Trüübel hätt i noh verschmerzt. Aber der Wii hätte mir die Strolche nit au noh ussuffe bruche!” Und nachdem der Max lachend ein Krüglein vom Guten aus dem Keller geholt hatte, hat der Rebbammert noch manches Gschichtli, das ihm passiert ist, zum besten gegeben.

Ein Chronist unserer Markgrafschaft erzählt, daß die Weinrebe bei uns durch den römischen Kaiser Probus (276 - 282) eingeführt worden sei. Es wird auch gesagt, daß die Reben von da an in Kulturen angelegt, die Berge systematisch bepflanzt und auf die Pflege des Weines große Sorgfalt verwendet worden sei.

Doch es haben sich schon die Pfahlbauern in dieser Gegend an der süßen Frucht gelabt, wie Traubenkerne in aufgefundenen Gefäßen aus jener Zeit beweisen.

So ist es verständlich, daß der Weinbauer auch heute nicht ohne seine Rebberge zu denken ist. Sie schenken ihm Freude und auch Enttäuschungen mancher Art. Sind diese für ihn noch so hart, kämpft er um so zäher und verbissener um ihren Ertrag, der ihm Lebensexistenz bedeutet. In ihm ist die Liebe zu den Reben und zum Wein so tief verwurzelt, daß es jedem selbstverständlich ist, daß die Reben da sind.

In den Urkunden des Klosters Lorsch wird der Weinbau mancher Ortschaften, die Weinabgaben betreffend, urkundlich erwähnt. Da sind auch bereits die Namen Eggenen 773, Feldberg-Rheintal 774, Kandern 776 und andere zu erfahren. Damals waren es die vielen Herren des Landes mit ihren Freien, später auch die Klöster, denen die Dorfeinwohner Frondienste zu leisten und Abgaben zu entrichten hatten. Es gab

Herren- und Klostergüter, und die Dörfer hatten sich so in die Arbeiten zu teilen, daß ein Dorf zu schneiden, das andere zu hacken oder zu binden, zu ernten oder den Wein heimzuführen hatte. Zehntscheune und Zehnttrotte hatte jedes Dorf. Die “Baumtrotten”, wie sie da und dort noch zu sehen sind, leisteten gute Arbeit und sie waren jahrhundertelang im Gebrauch.

In der Zeit unserer Groß- und Urgroßväter kamen zur Herbstzeit Herbstermaidli und Bückiträger vom württembergischen und badischen Schwarzwald und aus dem Wiesental ins Rebland. Sie blieben vierzehn Tage oder mehrere Wochen, denn die Hilfskräfte der Dörfer reichten bei einem guten Weinherbst nicht aus.

Noch zu Anfang dieses Jahrhunderts wurden die Trauben schon in den Reben mit einem Stößel im Bücki zu Brei gestoßen. Das Bücki, eine hölzerne Tragbütte, mußte vom Bückiträger bergab oder auch bergauf zum Herbstwagen getragen werden. Das war besonders bei nassem Boden keine leichte Arbeit.

Auf dem Wagen am Wegrand standen die Leitfässer mit 300 - 600 Liter Inhalt. Sie hatten oben eine viereckige Öffnung, in welcher der Faßhut steckte. Daheim stand schon der große Bocken, eine starke hölzerne Bütte bereit. Darüber wurde die Abladeleiter gelegt, die Fässer darauf gerollt und entleert. Vom “Bockten” wurde das Trottgut auf die Trotte geschüttet.

Das Traubenstoßen wurde durch die Traubenmühle erleichtert. Aber vor 150 Jahren mußten die Trauben erst auf den Trotten zu Brei gestampft werden. Das mußten die großen Kinder besorgen, und dazu mußten sie weiße Baumwollstrümpfe anziehen.

Im Herbst herrschte in den Weinbergen des Reblandes frohes Leben und Gesang. Schüsse krachten und "Frösche" knallten, die hinter den Mädchen "abgelassen" wurden und viel Geschrei und Gelächter auslösten. Der Bückiträger zahlte die vergesslichen Maidli, sobald er noch einen "Trübel" an einem Rebstock hinter ihnen fand, mit einem Kuß gewissenhaft aus. Da hieß es dann: " E Schnättli ins Ohr, oder e Schmutz?" Letzteres war den Mädchen natürlich lieber. Abends war Herbsttanz in den Wirtschaften, und der "Chrezer" und der "Federwiiß", die gärenden Weine, wurden tüchtig probiert. Trotzdem ging's in aller Frühe wieder aus den Federn.

Es gab aber auch immer einmal wieder Jahre, die keine Freude aufkommen ließen. Da waren frühe Winter, der Schnee lag auf den Rebstöcken und die Trauben waren gefroren. Nach Eintritt wärmeren Wetters hingen sie dann welk und kraftlos am Stock, keinen gelüstete es, eine Beere zu kosten und diese gaben keine Brühe mehr. Doch heute ist der "Eiswein" eine besondere Spezialität. Es erzählt die Chronik auch aus dem Dreißigjährigen Krieg, daß im Jahre 1631, wegen dem

Einfall der Schweden, die Weinlese bis in den Januar hinausgeschoben werden mußte. Und da habe es einen "Wein von besonderer Güte" gegeben.

Als durch Rebenkrankheiten und durch die Reblaus neue Arbeit und große Verluste eintraten, ging der Weinbau sehr zurück. Manches große Stück des Rebgeländes wurde "ausgehauen". Auch sogenannte "Kunstweinfabriken" machten den Rebbauern zu Anfang unseres Jahrhunderts schwerste Konkurrenz. Der Heimatdichter Karl Muser von Müllheim glossierte diesen Wein in einem Gedicht, das mit folgenden Worten begann: "Laßt ihn unter blauer Fahne segeln..."

In schlechten Weinjahren wanderte früher manche Familie aus, weil hier kein Auskommen mehr für sie war.

Nun sind in den letzten Jahrzehnten durch die Rebenaufbaugenossenschaften neue, ertragreiche Rebsorten angepflanzt worden. Diese haben in den letzten Jahren die große Arbeit und die hohen Auslagen gelohnt und dem Winzer viel Freude gemacht. Sowohl die Winzergenossenschaften in größeren weinbautreibenden Gemeinden, wie auch große Weinbauern, wenden ihre ganze Sorgfalt und Erfahrung dem Ausbau ihrer Weine zu. Deshalb findet der Wein vom badischen Oberrhein immer mehr Freunde und Abnehmer. Möge es auch in Zukunft heißen:

Gsegnet blib landuf, landab das golde Band
vu de Rebberg, wu drab alti Burge winke!
Chömme, stoße aa un lön üs froh eis trinke:
Gsegnet blib der Wii in unsrem schöne Land!

Es war vor über dreißig Jahren

In den Novembertagen des schicksalhaften Jahres 1944 saßen wir mit Soldaten in der abgedunkelten Stube beisammen. Nur sechs Kilometer Luftlinie liegt unser Dorf vom Rhein entfernt, die Einquartierung wechselte oft. Wieviele Soldaten in dem großen Raum über der Wohnstube sich aufhielten und dort schliefen, wußten wir nicht. Doch abends kamen die Männer gerne in die warme Stube, spielten Karten, sangen oder erzählten. Einige, die länger im Dorf und in Müllheim einquartiert waren, brachten ihre Streichinstrumente mit. Darunter war ein sehr bekannter Freiburger Musiker. Sie und wir Zuhörer vergaßen für kurze Zeit das harte Muß ihres Soldatendaseins. Waren nur zwei oder drei vielleicht auch einmal tagsüber da, kam es öfters zu anregenden Gesprächen, die des Nachdenkens wert waren. Manche kamen bedrückt, schlossen sich zögernd auf, zogen die Bilder ihrer Lieben aus den Brieftaschen und erzählten von "daheim". So gewannen wir sehr oft einen tiefen Einblick in die verschiedenen Verhältnisse und Schicksale. Den Besuchern tat es gut, wenn sie sich ihren Kummer von der Seele reden durften. Dadurch lernten wir Menschen aller Stände und aus allen Gegenden kennen. Mein Mann war Soldat, und meine erwachsene Tochtr trieb mit mir die Landwirtschaft um. Dabei kam uns die Hilfe der Soldaten zugute. Deren Vorgesetzte gaben sie, wenn möglich, für landwirtschaftliche Arbeiten frei. Der Geist und der Ton in unserem Hause war sauber, dafür sorgten die Soldaten, und wir empfanden dies dankbar.

Ein Oberst, mit dessen Familie wir freundschaftlich verbunden geblieben sind, lag mit seinem Stab in der Nähe, kam oft selbst oder schickte seinen Fahrer, um zu hören, wie es uns Frauen erginge. Aber zu klagen hatten uns "unsere" Soldaten nie Anlaß gegeben. Vielmehr wunderten sie sich oft, daß wir es so gelassen hinnahmen, so nahe an der Grenze und in der Nähe von Geschützen leben zu müssen, wo Flugzeuge aus- und einflogen. Doch nur im äußersten Notfall hätten wir unser Dorf verlassen.

Eben an jenem Novemberabend, es war am 27. November 1944, als wir mit einigen Soldaten in der Stube zusammensaßen, begann plötzlich ein gewaltiges Rauschen von schweren Flugzeugen, die brausend über unser Dorf hinwegdröhnten, und weitere Staffeln folgten. Unwillkürlich zogen wir die Köpfe ein, löschten das Licht und lauschten schweigend und aufgewühlt, welche Richtung sie flogen.

"Wo die jetzt wieder abladen?", fragte einer der Soldaten besorgt, bekam aber keine Antwort. Die Ungewißheit bedrückte alle. Als es endlich wieder ruhig war, kam einer aufgeregt von draußen hereingestürmt und rief: "Kommt raus und schaut Euch einmal den Himmel an!" und wir folgten ihm in den Hof hinaus. Der nördliche Himmel brannte wie eine rote Feuerwand und ließ uns erschauern.

“Ist es wohl in Staufen? Oder in Heitersheim?” mutmaßten die einen und anderen. Noch in derselben Nacht erfuhren wir, daß Freiburg völlig zerstört sei und furchtbar brenne. Das ließ uns nicht zur Ruhe kommen. Am nächsten Morgen kam der Oberst, der mit seinem Stab inzwischen versetzt worden war, zu Fuß, staubig, abgehetzt und übernächtigt mit einem Bündel in der Hand. Und er erzählte in abgerissenen Sätzen, wie er die furchtbare Nacht überlebt hatte. In Freiburg habe er bei Bekannten übernachten wollen. Auf dem Wege zu diesen sei er von dem Angriff überrascht in den nächsten Keller geflüchtet, der aber von verängstigten Menschen bereits überfüllt gewesen sei. Darum sei er in den nächsten Keller; aber was gefolgt sei, ließ sich nicht beschreiben.

Nachdem die gewaltigen Einschläge und das schreckliche Dröhnen der Flugzeuge aufgehört, habe er sich mit anderen durch ein Kellerfenster hinausgezwängt. Durch beißenden Staub und Rauch und heiße Brandwehen sei er über Schutt kriechend unverletzt zur Stadt hinausgekommen. Wie, das könne er sich selbst nicht erklären. Es müsse wohl in dieser Nacht ein Schutzengel bei ihm gewesen sein!

Auf unsere angstvollen Fragen, wie es in Freiburg aussehe, ob die ganze Stadt zerstört sei, das Münster und alles, konnte er uns keine Antwort geben.

Nachdem der Oberst sich etwas erholt hatte, verabschiedete er sich und riet uns dringend, doch hier wegzugehen bis der Krieg zu Ende sei.

Das entsetzliche Schicksal der schönen Stadt Freiburg hat uns alle sehr bewegt. Dort wußte ich eine uns eng befreundete Frau mit ihrem kranken Sohn, deren Mann im Feld stand, und wir waren in großer Sorge um sie und ihre beiden Söhne. Zwei oder drei Tage darauf kam eine Nachbarin zu dem Hauptmann, der bei uns Quartier bezogen hatte, und fragte ihn in unserer Gegenwart, ob nicht sein Fahrer sie nach Freiburg bringen könne. Sie habe Nachricht erhalten, daß ihr einziger Sohn sehr schwer verwundet in einem Lazarett auf dem Schwarzwald liege. Sie wolle ihn unbedingt besuchen, und wenn sie zu Fuß gehen müßte. Der Hauptmann hatte Verständnis für die weinende Mutter, überließ aber die Entscheidung seinem Fahrer, der nach kurzem Überlegen zusagte, in der Nacht wegfahren zu wollen, weil die Straßen bei Tagesanbruch oft unter Beschuß lagen. Das erschien mir als die gegebene Gelegenheit, unsere Freundin aufsuchen zu können und selbst zu sehen, was von der geliebten Stadt übriggeblieben war. Als ich meine Bitte, mitfahren zu dürfen vorbrachte, lehnte der Hauptmann wie sein Fahrer ganz entschieden ab. Ich ließ nicht locker, und schließlich gab der Fahrer die Einwilligung mit dem Vorbehalt, daß ich jede Verantwortung selbst für mich tragen müsse.

In der Tasche verstaute ich einiges Eßbare, stand pünktlich bereit, und wir kamen ohne Zwischenfall auch hin. Am Eingang zur Stadt ließ der Fahrer mich aussteigen. Er wollte sehen, daß er die Frau auf Umwegen nach dem Höllental und soweit wie möglich hinaufbringen könne. Um sechs Uhr solle ich hier auf ihn warten. Noch verbarg die Nacht gnädig das Schreckliche. Nur ein heftiger Brandgeruch wehte mich an durch die Totenstille. Ich rannte mehr als ich ging, um in der Südstadt zum Haus unserer Freunde zu kommen. Gott sei Dank, hier standen noch Häuser, auch das Haus, das ich kannte! Nachdem ich geklingelt hatte, erkannte mich die Freundin an der Stimme. Indem sie mir einen heißen Kräutertee bereitete, erzählte sie von der Schreckensnacht. Die Wirkungsstätte ihres Mannes sei bis in den Grund zerstört, erzählte sie sehr bedrückt. Wie es mit ihnen weitergehen werde, diese Frage bereitete ihr den größten Kummer. Die Aussprache tat ihr wohl, und so gut es ging, versuchte ich ihr Mut zuzusprechen. Dankbar darüber, daß die Familie mit dem Leben davon gekommen war, brannte die andere Frage in mir. Wie sieht die Innenstadt aus? Das Münster? In Freiburg hatte ich eine schöne Zeit verleben, Theater und Konzerte besuchen und die ganze liebe Stadt kennen lernen dürfen und sie ins Herz geschlossen.

Schon vor dem Martinstor und von diesem an häuften sich Berge von Steinen und Schutt auf der Straße. Nur ein schmaler Gehweg war freigemacht worden, den ich entlang hastete. Ruinen von Häusern ragten zum Teil noch drohend empor, und ich mußte mich sehr in die

Hand nehmen, um über dem Entsetzlichen nicht laut herauszuschreien. Kein Mensch, kein lebendes Wesen weit und breit, nur tödliche Stille! Da und dort klapperte gespenstisch ein herabhängendes Schild oder ein Eisenstück in der Nacht, die nun etwas aufhellte. Kalter Brandgeruch wehte mich an. In der Höhe des Bertholdsbrunnen ging mein Blick ungehindert über die zerborstenen Häuserreihen der zertrümmerten Stadt und nach Osten - dem Münster zu. Allein, schwarz und schaurig stand es dort mit leeren Fensterhöhlen wie schwarze Augen. Aber es stand noch! Das hatte ich wissen wollen. Mir kamen die Tränen vor Leid über dieses Entsetzliche, diese schreckliche Zerstörung einer blühenden Stadt. Ich floh wie gejagt zu dem verabredeten Platz am Stadteingang. Kurz darauf traf auch der Fahrer ein. Mitleidig sah er auf mich, als ich mich neben ihm zusammenkauerte und schwieg. "Sie hätten lieber zu Hause bleiben sollen!", tadelte er mich. Ich schüttelte den Kopf. Erst als wir zu Hause angekommen waren, konnte ich von dem berichten, was ich gesehen und erlebt hatte. Bis heute habe ich nicht bereut, trotz des Wagnisses mitgefahren zu sein. Das unbegreifliche Bild, das sich mir geboten, steht heute noch deutlich vor meinen Augen. Doch aus den Trümmern stieg unerwartet rasch eine neue Stadt. Das herrliche Münster steht ehrfurchtheischend wie einst auf seinem alten Platz, um den das geschäftige Leben kräftig pulst.

Übersicht der Auswahltitel

mit Datierung und Veröffentlichungsnachweis.
Titel ohne Angaben sind undatiert und
bisher unveröffentlicht.

Die Heimat	
Sunneland am Rhii	
An Feldberg	In: Feldberg. Aus seiner Geschichte. Feldberg, 1967. Seite 93
Am Berg aa	In: Markgräflerland, Du Land am Rhii. Alemannische Gedichte. Freiburg: Rombach, 1965. Seite 114
Das Wörtlein "Heimat"	In: Us em Örgeli. Alemannische Gedichte. Feldberg, 1975. Seite 35.
RoterMohn	In: Us em Örgeli. Feldberg, 1975. Seite 85 (vertont)
Drei Rosen	In: Markgräflerland ... Freiburg: Rombach, 1965. Seite 35.
Bei der Linde	In: Us em Örgeli. Feldberg, 1975. Seite 25 (vertont)
An einem Herbstabend	In: Us em Örgeli. Feldberg, 1975. Seite 91 (vertont)

Am Immehuus	In: Markgräflerland ... Freiburg: Rombach, 1965. Seite 26-28
Der Frühling ist da	
Mein Gärtlein	1916/18
Der Falter	1962
Im Wald	1938
Der Stern	
Der säumige Winter	1937
In wite Ferne	In: Markgräflerland ... Freiburg: Rombach, 1965. Seite 103 (vertont)
Nikolausabend	
Beim Weihnachtsbaum	1925
Du Kind in der Krippe	
Glückwunsch	
Neujahrsgruß	1952
Fasnächt	1976
I bi n e Buurechind	In: Markgräflerland ... Freiburg: Rombach, 1965. Seite 64/65 (vertont)
Einer Mutter	1960
Das Märchen	1930
Miim Vadder	
Der Fritzli	In: Markgräflerland ... Freiburg: Rombach, 1965. Seite 61
Unser Büebli	1977
Der alt Wiibur	

Einem Gefallenen	1917
Leim	In: Markgräflerland ... Freiburg: Rombach, 1965. Seite 100
Die Dichter	In: Us em Örgeli Feldberg, 1975. Seite 79
Zum 90. Geburtstag von Adolf Glattacker	1968
An Hewig Salm zuem 80. Geburtstag	1969
Dem Kunstmaler J. K. (Julius Kibiger) gewidmet1973	In: Us em Örgeli. Feldberg, 1975. Seite 64
Lina Kromer zum 84. Geburtstag	1973
An Ernst Haberstock zum 75. Geburtstag	1975
Zuem Abschied vum Hubert Baum	1976
An Ernst Niefentaler zum 75. Geburtstag An Alban Spitz	1975
Freundschaft	In: Us em Örgeli. Feldberg, 1975. Seite 58
Zfriede un froh Was mag s bedüte Vergiß es nit, mii liebe Fründ	

Spruch:	In: Markgräflerland ... Freiburg: Rombach, 1965. Seite 115
Spruch	1971
In stiller Stunde	In: Us em Örgeli, Feldberg, 1975. Seite 79
Beim Glockenklang	
Treue im Stillen	
Spruch	
Wie ich zum Schreiben kam	
Die Muttersprache	In: Us em Örgeli. Feldberg, 1975. Seite 32
Loos, Fründ	
Alemannische Bildersprache	In: Us em Örgeli. Feldberg, 1975. Seite 37
Das Heiden-männlein	In: Sagen vom Oberrhein. Feldberg, 1980. Seite 29
Der Dorfzottel	In: Sagen vom Oberrhein. Feldberg, 1980. Seite 6
Das Schlangen-krönlein	In: Sagen vom Oberrhein. Feldberg, 1980. Seite 30
Das Heiligen-brünnlein	In: Sagen vom Oberrhein. Feldberg, 1980. Seite 34

Die weißen Jungfern	In: Sagen vom Oberrhein. Feldberg, 1980. Seite 9
Seltsame Erlebnisse einer Nacht	
Die zwei Fremden	
Der Rebbammert	In: Brot und Wein vom Oberrhein. Feldberg, 1977. Seite 36 - 40
Von Reben und Wein	In: Brot und Wein vom Oberrhein. Feldberg, 1977. Seite 79 - 81
Es war vor über dreißig Jahren	In: Brot und Wein vom Oberrhein. Feldberg, 1977. Seite 84 - 87

Bildquellen

Abbildungen	Nachlaß Paula Hollenweger Müllheim-Feldberg
Titelbild und Farbtafeln:	Gemälde Julius Kibiger Privatbesitz Repro: Jörg Meyer, Lörrach

A

aa	an
abe	hinab, herab
Äcke	Nacken
äfange	anfangs, endlich
all, allewil	immer, stets
als	manchmal, früher
a-mer	an mir
amel	als, ehemals, jedenfalls
andermol	andermal
äne, änedra	jenseits
as	als (nach Komprativ)
aß	daß

B

bärze	ächzen, stöhnen
Barschi	Sebastian
batte	lohnen
beduure, duure	bedauern, dauern
beed, bood, beidi	beide
Beiel	Beil
bi	bin
bigoscht	bei Gott
biige	aufschichten
bisch	1. bist 2. sei
bitzeli	wenig
blib, blibsch, blibt	bleibe, bleibst, bleibt

Bluest	Blüten
bood, beed, beid	beide (w. m. s.)
boole	werfen
Brennts	gebranntes Wasser (Schnapps)
briege	weinen
brochen	gebrochen
brocht	gebracht
Brüeihe	Brühe
brüele	brüllen
Buckel	Rücken
Burdi	Last
buschber	wohlauf
Büüri	Bäuerin
Buuch	Bauch
by	bei

C

cha	kann
Chämi	Kamin
Chanzle	Kanzel
Chatz	Katze
Charte	Karte
chech	fest, frisch, gesund
chiibigsii	böse, verärgert sein
chiiche	keuchen
chiifle	nörgeln
Chilbi	Kirchweihe
chlei	klein
chlinzig	winzig klein
Chloster	Kloster

chöüschberle	1. leiste knistern
	2. knifflige kleine Arbeit tun
chnitz	schlau
Chnöpfli	Mehlspeise (schwäb. Spätzle)
chönnt	könnte
Chratte	Henkelkorb
Chriese	Kirchen
Chrüsli	Krüglein
Chrüsle	leise reden
chu, chunnsch	Kommen, kommst du
chöfle	nörgeln
Chuchi	Küche
Chueh	Kuh
chumm	komme
Chunst	1. Kunst
	2. Kachelbank am Ofen
Chuuch, chuuche	Hauch, hauchen

D

däne	drüben
derbi	dabei
dernebe	daneben
dernoo	danach
dervu	davon
derwege	deswegen
Doosii	Dasein
drii	hinein
Dudel	kleiner Rausch
duuble	Zeit verplämpern
durii, duruf, duruus	hinein, hinauf, hinaus

dure	hindurch, hinüber
duure, beduure	dauern, bedauern

E

echt, echterst	wohl (willst du wohl)
eismols	auf einmal
efange	anfangs, endlich
enandernoo	nacheinander

F

Fegge	Flügel
feiß	Fett
fiire	feiern
Fiirtig	Feiertag
Flüümli	Fläumchen
förche	fürchten
früeiher	früher
Führe	Furche
Fürobe	Feierabend
Füür	Feuer

G

gahre	knarren
gäutsche	austoßendes Wasser
gee	geben, gegeben
geech	jäh, steil
geel	gelb
gehre	begehren
gell	"nicht wahr?"
gefiirt	gefeiert

gfiirt	Frost
gfrogt	gefragt
gha	gehabt
gheie, gheit	fallen, gefallen
Gländ	Gartenbeet
glii	gleich
gliich	dasselbe, egal
gloffe	gelaufen
gloge	gekogen
Glumse	glimmen
Glunggi	nachlässiger Mensch (Schimpfwort)
glust	gelüsten
gno	genommen
go	um zu, hin zu
goh, göhn	gehen, wir gehen
Götti, Gotte	Pate, Patin
Grund	Erdreich
Grumbire	Grundbirne = Kartoffel
gruuse	grauen
grüüsli	greulich
Gschwisterigchind	Geschwisterkind
gspüre	spüren
Gspusi	Liebste
gumbe	hüpfen
günne, gunne	gewinnen, gewonnen
gun	Geschmack, Duft
Guu	Geschmack, Duft
guuge	schaukeln

H

ha, hän, heig	ich habe, sie haben, er habe
Hampfle, Hämpfeli	Handvoll, Händchenvoll
heert	hart
hefte	Reben aufbinden
Herdöpfel	Herdapfel = Kartoffel
Hiene	Henkel
Hornig	Hornung (Februar)
hudle	oberflächlich arbeiten
hüle	weinen, heulen
hürne	in das Horn blasen
hüte	heute
Hurscht	Hecke
hüüle	heulen

I

inn	innen, darin

J

Jascht	Eile, innere Hitze
jäse	gähren
jellimol	hi und da

L

Landere	Rebspalier am Haus
lätz, lätz mache	verkehrt, umdrehen
lehre	lernen, lehren
Leim	Lehm
liicht	leicht
loo, löön	lassen

loose	horchen
luege	schauen
luschtere	lauschen
lüpfe	heben
lüüchte	leuchten
Lüt	Leute

M

maihje	mähen
Maije	Blumenstrauß
mänke, mänkmol	mancher, manchmal
miesig, Mies	moosig, Moos
mitgnu	mitgenommen
morn	morgen
Müüli	Mäulchen

N

näume	irgendwo
Nascht	Ast
nidsi	abwärts
niemes, niene	niemand, nirgends
no	dann
noh, nohmol, nohnig	noch, nocheinmal, noch nicht
nooch	nahe
noodnoo	nach und nach
nume	nur
nümi	nicht mehr
Nüni	neun Uhr
nusse	nun also
nüt	nichts

O

ob	über
öb	ehe
öber	jemand
öbis	etwas
obsi	aufwärts
Ölfi	elf Uhr

P

poppere, pöpperle	leicht klopfen
Prägel	geröstete Kartoffeln

R

rätze	knirchen
ring	leicht
Root	Rat
Rueih, rueihg	Ruhe, ruhig
Ruhm	Rahm
Rung, Rüngli	Weile, Weilchen
ruuch	rauh

S

saaje	säen
Sägese	Sense
sait, gsait	sagt, gesagt
Scheide	Keil zum Holz spalten
Schii, Schiihuet	Schein, Strohhut
Schirtele	in den Reben hacken
schlaa, schlaat	schlagen, schlägt
schliefe	schlüpfen

Schlüsseli	Schlüsselblume
Schmutz, Schmützli	1. Fett, Schmalz 2. Kuß, Küßchen
Schnättli	Schäfchen
schneuge	wählerisch, schlecken
Schnitte	belegte Brotschnitte
schnuufe	schnaufen
schürge	schieben
Schweizi	geröstete Mehlsuppe
Sedel	Hühnersitzstange
seig	er sei
Seigel	Leitersprossen
sell, selli, sellimols	jenes, jene, damals
sii, dii, mii	sein, dein, mein
si-mer	sind wir
sott	sollte
Spöötlig	Herbst
Sprüüer	Hülsen von Korn (Dinkel)
Strauh	Stroh
striiche	streichen
subtil	sorgsam
suscht	sonst
suufer	sauber

T

Toobe	Hand
too	getan
trait	trägt
tröchne	trocknen
trüeihe	gedeihen

Trüübel	Trauben
Tschoben	Joppen, Jacke
tschuudere	schaudern
Tue, tuesch, tuet	Tun, tust du, tut

Ü

uding	heftig, übermäßig
überchu	bekommen
ufe	hinauf
ufzieh	1. necken 2. aufziehen
umchere	umkehren
ume	herum, umher
üs	uns (gesprochen: is)
us	aus
uße	außen
uuse	hinaus

V

Veijeli	Veilchen
vernüte	verneinen
Vierteli	ein Viertel Wein
Vortel	Vorteil
vörderst	zu vorderst
verhüte	verneinen
vertlaufe	weglaufen
vertschubbe	zerzausen
verwütscht	erwischt
verzellt	erzählt
vu	von

W

waiht	weht
wä-mer	wollen wir
wänn	wollen
weidli	schnell, flink
weige	ein-, aufweichen
weisch	weißt du
Welle	Reisigbündel
werche	werken, schaffen
Wii	Wein
wiiche	weichen, ausweichen
wil	weil
wit	weit
witt, wott	willst du, möchte
wölle	wollen
wu	1. wo 2. der, welcher
wunderfitz	Neugier
wunzig	winzig
würd, würsch	wird, wirst du

Z

Zeine	Weidenkorb mit zwei Henkel
zensle	locken, necken
Zit	Zeit
zitig	reif
zletscht	zuletzt
zmols	auf einmal, plötzlich
zwee, zwoo, zweu	zwei m. w. s.
Zwölfi	zwölf Uhr

Uf Schloß Bürgle

für gemischten Chor